少年读中国史

· 6 ·

隋唐 开放的盛世

果麦 编

果麦文化 出品

隋文帝杨坚统一中国，结束了长达三百多年的分裂局面，开启了中国历史上华丽繁盛的隋唐时代。开皇之治、贞观之治、开元之治一次次将古代中国推向强盛的顶点：贯穿南北的大运河、气势雄伟的长安城、灿若星辰的诗人、精美绝伦的壁画，以及幅员辽阔的疆域、万国来朝的盛景、开放包容的气度……每一个闪光处都令人梦回大唐。然而盛极必衰，一场长达八年的安史之乱将盛唐的繁华彻底击碎。此后，外有藩镇割据，内有宦官弄权，大唐帝国虽有短暂的中兴，却难以阻挡盛世余晖下的日渐衰落。在王仙芝、黄巢等领导的大起义的沉重打击之下，大唐帝国终于被最大的藩镇节度使朱温所取代。此后，中国进入了大分裂、大动荡的五代十国时期。

目 录

第一章 短命的隋王朝   001
1. 中国的再次统一   002
2. 隋文帝的成绩单   007
3. 虚伪贪功的杨广   011
4. 都是贪大惹的祸   015

第二章 雄才大略的唐太宗   025
1. 玄武门之变   026
2. 贞观之治   032
3. 天可汗   039
4. 难以处理的身后事   045

第三章 盛唐及其终结   052
1. 武周兴衰   053
2. "忆昔开元全盛日"   062

3. 盛世下的隐患 073
4. 安史之乱 079

第四章 大唐衰变与五代更迭 089
1. 中晚唐政局风云 090
2. 唐朝的灭亡 094
3. 五代十国乱局 099

第五章 气象万千的大唐文化 112
1. 诗歌的黄金时代 113
2. 佛教的盛世 118
3. 大唐文化东传 123
4. 文化艺术宝库敦煌 128

大事年表 137

第一章

短命的隋王朝

1. 中国的再次统一

尼姑养大的普六茹坚

隋朝的开国皇帝杨坚小时候并不叫杨坚，而叫"普六茹坚"。他的父亲杨忠曾跟随北周文帝宇文泰起义，因作战有功，被赐鲜卑族姓氏"普六茹"。

中国古代的开国皇帝大都会在史书中留下一些奇异的经历，杨坚也不例外。杨坚出生在一座叫般若寺的寺庙里，不久，便有个叫智仙的尼姑对他的母亲说："这个孩子来历不一般，不能像普通孩子一样抚养，请交给我吧。"于是笃信佛教的杨忠夫妇就把小杨坚交给了她。智仙给杨坚取了个"那罗延"的名字，寓意"金刚不坏"。因此，杨坚其实是由尼姑养大的。长大后，杨坚为人深沉不爱说话，在太学学习时，同学们都不敢跟他开玩笑。

周武帝宇文邕非常信任杨坚，与他结成儿女亲家，杨坚的长女杨丽华成为太子妃。齐王宇文宪向宇文邕打小报告说："普六茹坚相貌非常，恐怕不会久居人下，不如早点除掉他。"大臣王轨也对宇文邕说："普六茹坚长着一副反相，皇太子将来恐怕坐不稳社稷之主哇！"宇文邕听后不高兴地说："老天爷让谁成为帝王，旁人又能有什么办法！"杨坚知道后十分害怕，做什么事都非常谨慎，唯恐再引起别人注意，惹祸上身。

太子宇文赟（yūn）即位后沉溺酒色，不问朝政，不听忠臣劝告。因为觉得皇帝当得不够称心如意，他在即位一年后，干脆就下诏传位给年仅六七岁的长子宇文阐，自称"天元皇帝"，终日在后宫与嫔妃宫女们吃喝玩乐，不久就得病死了。于是，杨坚先是凭着皇帝岳父的身份晋升为柱国大将军、大司马，权倾朝野，宇文阐即位后，他又以小皇帝外公的身份被任命为左大丞相，总领朝政。就这样，北周的朝政大权落到了杨坚手上。

581年，杨坚先是由隋国公晋位为隋王，然后又逼迫宇文阐禅位，自己做了皇帝。由此建立了隋朝，年号"开皇"，史称"隋文帝"。

"无忧天子"陈后主

这时的南方,还在南朝的最后一个朝代陈的手里。

南朝陈的末代皇帝陈后主大名叫陈叔宝,和三国时期的蜀国后主刘禅一样,两人都是没能守住祖传基业的亡国之君。他年少时经历过一些波折,却没受过什么苦,不知道"面是麦磨的,锅是铁打的",天天无忧无虑,只想过安逸日子。

陈叔宝自小生活在深宫之中,不知民间疾苦,奢侈无度,沉溺于酒色不能自拔。从评价皇帝的角度看,他绝不是一个好皇帝。然而,他也并非不学无术,对文学和音律倒是很精通。他的诗歌语言华丽浮夸,题材狭隘,多写女子的舞态与歌声、容貌与服饰,仿佛这世间除了女性之美,再没有什么值得歌咏的东西。这样的作品缺乏生命力,注定不会流传太久。音律方面,他喜欢自己作曲,再让妃嫔宫女学习排练,演唱给他听,靡靡之音《玉树后庭花》就是他的代表作。有这些爱好本无可厚非,但当上皇帝后,陈叔宝仍然把大量精力用在唱歌、跳舞、写诗上,不理国政,那就是标准的无道昏君了。

父皇陈宣帝去世时,陈叔宝在灵前守孝,他那想要篡位的亲弟弟陈叔陵一刀砍在他脖子上，差点要了他的小命。虽然经此一劫，他却也没改掉喜欢享乐的脾性。陈朝的前几位皇帝都厉行节约，勤俭建国，表示不忘布衣出身。陈叔宝却嫌原先的宫室破旧，大兴土木，修了三座高达数十丈的高楼，精雕细琢，用檀木制作栏杆窗户，在里面藏了无数金玉珍宝。又在楼下用石头堆成假山，开挖人工湖，极尽奢侈，耗费了大量人力物力。陈叔宝整天和妃子们在高楼之上花天酒地、肆意玩乐，对朝堂之事爱答不理。

而此时，北边的隋文帝杨坚已在天天盘算怎么南下打过长江、灭掉陈朝，统一全国。

步步为营灭南陈

隋朝建立时，少数民族突厥建立的游牧政权正在北方虎视眈眈，而由陈霸先建立、传至陈后主已日渐衰落的陈朝则在南边苟延残喘。

为了一统天下，隋文帝杨坚起初打算采取"先弱后强"方针，先灭陈、再平突厥，不想北方却先出了乱子。曾经远嫁突厥的北周公主得知杨坚篡位并杀死自己的父亲、兄弟后，发誓要为宇文家报仇，便怂恿丈夫沙钵略可汗起兵攻打隋朝。杨坚派使者前往交涉，沙钵略可汗责骂道："我本来是周室的亲家，如今杨坚老贼篡位自己当上皇帝，如果我袖手旁观，有何脸面再见千金公主？"于是便打着为周复仇的旗号，向隋朝宣战，接连攻下延安、天水等六座城池。杨坚采纳长孙晟的建议，以离间计挑拨突厥各部落，使突厥汗国分裂为东突厥汗国与西突厥汗国两部分。沙钵略可汗在与隋朝的作战中屡屡失败，最后众叛亲离，不得不向杨坚求和。

　　解除北边的威胁后，杨坚开始谋划向南用兵。588年，杨坚下诏列举陈后主的二十条罪状，并将诏书在江南散发三十万份，以争取人心。同时让儿子晋王杨广统率八路大军南征陈朝。直到这时，陈朝的昏君和奸臣却仍在醉生梦死中度日。有个善于逢迎拍马的大臣对陈后主说："咱们有长江天险，自古隔断南北，隋军怎么打得过来呢？"陈叔宝听了竟然信以为真，歌照唱、舞照跳、诗照写，丝毫不做应战准备。隋军陆续占领长江上游的消息传到建康，却被掌管机密的奸臣施文庆、沈客卿扣压不报。结果等隋军大举渡江，毫无准备的陈军一触即溃，隋军进入建康城如入无人之境。陈叔宝慌忙带着几名妃子躲进一口枯井之中，后来做了俘虏，陈朝也被隋军干脆利落地扫进了历史的故纸堆。

唐代诗人杜牧在《泊秦淮》中说："商女不知亡国恨，隔江犹唱后庭花。"这是对陈叔宝荒淫享乐、醉生梦死的绝妙讽刺。而那首《玉树后庭花》，也成了后世亡国之音的代名词。

而隋军在攻破建康之后又顺利平定了岭南地区。就这样，隋文帝杨坚结束了魏晋南北朝以来长达三百多年的分裂局面，使中国重新归于统一。

2. 隋文帝的成绩单

把长相写进户口本

自东汉末年大乱以来，许多豪强地主趁机兴起，他们占有大量土地，许多失地农民不得不依附于他们。世家大族们隐匿了大量的户口，造成户籍不清，严重影响了中央集权，很大程度上减少了国家的赋税收入。

隋文帝即位以后，下令在各州县进行全国性的人口普查。首先清点各地户口，登记姓名、出生年月和相貌，目的在于清查隐匿人口。隋文帝责令官员根据户籍上描述的百姓年龄相貌，当面一一核对检查。那些之前用谎报年龄、找人顶替等办法逃避赋役的人，这下便无处隐藏，都变成了向国家纳税服役的人丁。然后国家又确定纳税标准，令各州县根据实际情况确定每户人家的等级，每年检查一次，百姓按其等级规定的数额来纳税，由此增加国家的税收。

人口普查、户籍定级政策的推行，一扫魏晋南北朝以来民间隐瞒户籍制度的积弊，有效地打击了世家大族的经济力量和政治特权，从法律上杜绝了地方官吏营私舞弊现象，解放了依附于豪强地主的农民人口，增加了国家的劳动力。隋朝开国之初有四百一十万户，到隋文帝晚年时已增至八百九十万户。随着人口的大量增加，赋税收入也增加了不少，国家实力得以壮大，为开创"开皇之治"奠定了基础。

营建大兴城

隋文帝杨坚建立隋朝后，把都城定在了长安。当时的长安城始建于西汉初年，在历经西汉、东汉和魏晋南北朝时期的无数战乱后，已经破败不堪，局促狭小，水污染严重到连饮用水都成了问题。若是在原址上改造修复，施工相当困难。于是，杨坚决定在东南方向的龙首塬南坡另建一座新城，以展示新王朝的帝王气象。

杨坚命宇文恺负责建造新城。宇文恺是当时著名的建筑学家，在他的督促之下，工程进展很快，只用了九个月时间就基本完成了宫城和皇城的建造。因杨坚在北周时曾被封为大兴郡公，所以他就将新的都城命名为"大兴城"，宫城命名为"大兴宫"，宫城正殿命名为"大兴殿"，大兴殿正门命名为"大兴门"，以此昭示大隋国运长兴不衰。

大兴城东西宽九千多米，南北长八千多米，按照功能由里到外分别是宫城、皇城、外郭城，其中宫城、皇城位于整个城市的最北边。宫城是皇帝居住和处理政事的地方，皇城则是朝廷各机构的办公场所。宇文恺在外郭城设置了十四条东西向街道、十一条南北向街道，这些街道将城市整齐地分割成了规整的居住区"坊"和商贸区"市"。全城共有一百零九个坊，每个坊四周有围墙，居民通过固定的坊门出入，类似于现在的大型社区。大兴城的坊虽然多，但每一个坊都有自己的名字，比如在户籍定级政策上立下大功的大臣高颎（jiǒng）就住在熙光坊。市则分为东市和西市，类似于现在的商业中心。

大兴城在当时是世界上规模最大的城市，是汉代长安城的两点四倍，比同时期的拜占庭王国都城大七倍，充分体现了隋朝兴盛时期的宏大气魄。大兴城的形制被当时隋王朝周边的一些地方政权和域外邻国效仿，对后世的影响也十分深远。

科举制度的创立

三国时期，曹魏选拔人才、选任官员实行九品中正制，又称"九品官人法"。它由曹魏尚书令陈群创立，上承两汉察举制，下启隋唐科举制，是中国古代三大选官制度之一。

"九品"就是将人才分为九个等级，"中正"就是专门负责品评人才的官。由于中正多数出身世家大族，他们总是把世家大族子弟列入上等，几乎垄断了政府的高级官员，造成"上品无寒门，下品无世族"的现象。由此形成了世代做官的士族阶层，堵塞了下层民众上升的通道。

为扭转这一局面，隋文帝于598年下令废除实行了三百七十多年的"九品官人法"，代之以科举制度。"科举"即分科取士的意思，其中最重要的就是进士科。科举制度的实施，使普通老百姓只要努力读书，也有机会报名参加考试并担任官职。

这样一来，选拔官员的权力就从世家大族把持的中正手中，转移到了中央政府手里。科举制度畅通了下层人民的上升通道，使出身中下层人士有机会进入统治集团，有利于社会的清明和稳定，是一种更公平合理的人才选拔方式，此后一直沿用了上千年。

科举制度不仅对中国影响巨大，受中国文化的影响，历史上朝鲜、日本、越南等周边国家除了有学子赴中国参加科举考试外，也曾在本国推行科举制度。

3. 虚伪贪功的杨广

靠伪装成功上位

隋朝第二位皇帝是隋炀帝杨广，为了争夺皇位，他练就了一身高超的演技。

中国古代实行嫡长子继承制，而杨广是隋文帝杨坚的二儿子。要想上位，他只能想办法干掉自己的哥哥杨勇，否则一辈子最多只是个亲王。

隋文帝杨坚一生崇尚节俭，反对铺张浪费，与他的皇后独孤伽罗两情相悦，琴瑟和鸣。太子杨勇为人仁孝，别的什么都好，就是有点好色，因此冷落了正妻，导致太子妃抑郁而死，也招致了父母的不满。与哥哥相反，杨广装出一副不近女色、只爱原配萧妃一人的样子，深得母亲独孤皇后的欢心。

生活上，杨广也特别能伪装，整个府邸就是一个普通人家的样子。他故意安排又老又丑的妇人做仆人，家里人都穿着粗布衣服，家具也用最普通的。他还故意将乐器的弦弄断，摆放在显眼的位置，使乐器上布满了灰尘。文帝杨坚以为他不喜欢艺伎歌舞，生活简朴，对他赞赏有加。

此外，杨广还鼓动叔叔杨素和母亲独孤皇后，成年累月地在杨坚面前说太子杨勇的坏话，为自己美言。杨广以其绝佳的演技，最终成功骗过老谋深算的隋文帝，挤掉哥哥杨勇登上太子之位，成了隋王朝的储君。

对外频频动武

隋朝建立时,周边的少数民族政权主要有西部的吐谷(yù)浑、北部的突厥、东北部的高句(gōu)丽,他们时不时地就来侵扰隋朝边境。

吐谷浑本是鲜卑族的一支,拥有青海以西三千多里的地盘,势力非常强大。隋朝初年,文帝曾派兵打败吐谷浑。吐谷浑的首领叫伏允,对隋朝时叛时服,还时常派人到内地打探消息。隋炀帝非常讨厌伏允这种间谍行为,于是联合一个叫铁勒的少数民族发兵将伏允击败,十多万吐谷浑部众投降,其地盘也尽归隋朝所有。

突厥曾趁隋朝立国未稳,进犯天水、延安等地,隋文帝用计离间突厥,致使突厥分为东、西两部分。615年隋炀帝巡行北方边境时,始毕可汗率领数十万骑兵南下,准备袭击炀帝。始毕可汗的妻子、隋朝的义成公主事先派人暗中通知隋炀帝,炀帝吓得赶紧跑进雁门城躲避。突厥人围攻雁门,箭都射到了隋炀帝脚下,隋炀帝吓得眼睛都哭肿了。后来还是义成公主遣使告诉始毕可汗"北边有急事",加上隋朝援军相继抵达,突厥军队这才撤围而去。

隋朝建立的时候，曾册封高句丽王高元为辽东郡公。但很快高元就反叛了，还率军进攻隋朝东北边境城市。隋文帝派兵征讨，因为军粮运输不易，失败而归。隋炀帝时，曾先后三次举全国之力，御驾亲征高句丽，全部以失败告终。此外，隋炀帝还三次派人到流求（当时对我国台湾的称呼），加强了流求和大陆之间的联系。

大讲排场的皇帝

杨广即位后，立马露出了穷奢极欲、追求享乐的本来面目。

中国古代讲究"以德服人"，但杨广偏偏不这样，而是在边境民族和外国客人面前不计成本地大讲排场，大搞炫耀富强、粉饰太平和花钱拉拢那一套。他到边境地区榆林巡游时，命令手下搭了个可容纳数千人的大帐，装饰得金碧辉煌。他自己装模作样地端坐大帐之中接见突厥可汗，大摆酒席，大送礼品，以拉拢他们。

他还命人建造了一座旷古未闻的活动宫殿，宫殿下装有轮子，能够行动自如。宫殿可容纳几百人，其组成部分可随意拆卸安装。边境的少数民族客人见了，无不目瞪口呆。他还给这座活动的宫殿取了个好听的名字，叫"观风行殿"，这可能是世界上最早的活动房屋了。

强大的隋王朝吸引了周边国家派使者前来，前往东都洛阳的商队也络绎不绝。为了显示隋王朝的富有，隋炀帝杨广在洛阳建造了一座可容十余万观众的特大剧场，让上万名演员出场表演。他下令所有店铺装修一新，店铺老板都要身穿华丽漂亮的衣服，路边的树上也缠上绸缎，连菜贩子都要把青菜堆在龙须席子上。外国商人进饭店，店主必须笑脸相迎，让他们白吃白喝，分文不取，还得高声喊道："隋朝大富，吃饭不要钱！"

4. 都是贪大惹的祸

大运河贯通南北

由于地势的关系，我国的主要河流绝大多数流向都是自西向东。在古代，水路是最经济实惠的出行方式，但南来北往却没有一条河流可供航行。所以，自春秋时期吴国为伐齐国开凿邗沟、沟通长江与淮河开始，中国很多朝代都很注重开凿运河。

隋炀帝即位后下令开挖连接黄河与淮河之间的通济渠，这项工程的总设计师依旧是宇文恺。通济渠的施工充分利用了旧有的渠道和自然河道，但因为要使皇帝乘坐的巨大龙舟通行，运河必须挖得很深。如此浩大而艰巨的工程，杨广要求的完成时间却极短，605年三月动工，当年八月全部竣工，创造了人类开凿运河的奇迹。

通济渠打通了从洛阳到扬州的水路。刚一开通，隋炀帝就迫不及待地带着妃嫔百官，乘上龙舟到扬州游玩去了。

此后，大运河在隋炀帝手中开始向南北延伸。他向北开挖永济渠，为此征发了河北上百万劳工，沟通沁水、淇水、卫河，直达涿郡；向南开挖江南河，从京口（今江苏镇江）到余杭（今浙江杭州）。闻名于世的京杭大运河仅用了六年时间就全部完工了，以洛阳为中心，南起余杭，北至涿郡，全长两千多公里。

运河贯通后，南方的货物可以通过水路畅通无阻地直抵东都洛阳，南北之间的联系进一步加强。但同时，浩大的工程也付出了巨大的代价，被征用的一百多万劳工中，累死的有差不多四五十万，苦不堪言的百姓只得

开凿大运河的悲惨劳工

奋起反抗，这成为隋朝灭亡的重要原因之一。由此可见，大运河的开凿还真是一把双刃剑，难怪唐朝诗人皮日休在《汴河怀古二首》中写道：

尽道隋亡为此河，至今千里赖通波。
若无水殿龙舟事，共禹论功不较多。

隋炀帝命丧江都

隋朝末年，隋炀帝连年大兴土木，对外不断用兵，繁重的徭役、兵役使得田地荒芜，民不聊生，各地人民纷纷举兵反抗。其中三支起义军实力较强，分别是河南的瓦岗军，河北的窦建德军，江淮的杜伏威、辅公祏（shí）军。

瓦岗军是三支农民起义军中最强的一支。611年，翟让在瓦岗寨（今属河南滑县）举起反隋大旗，山东、河南的贫苦农民纷纷参加，单雄信、李勣（jì）、李密、王伯当等人都率众投奔瓦岗军，使队伍迅速壮大。瓦岗军在翟让、李密等的领导下，接连击败前来镇压的朝廷军队，并建立了自己的政权——"魏"。在隋王朝即将被推翻的关键时刻，瓦岗军内部矛盾激化，李密设计杀害了翟让等重要农民军将领，导致瓦岗军将卒离心，战斗力遭到极大削弱。李密先是率军投降了隋朝皇泰帝杨侗，后来又降唐、反唐、被杀，从此葬送了这支农民军。

在瓦岗军举起义旗的同时，窦建德在高鸡泊（今属河北故城）起义反隋，并杀死前来镇压的涿郡（今河北涿州）守将郭洵，取得了大胜。之后他在乐寿（今河北献县）称"长乐王"，随着势力进一步扩大，建国号"夏"，自称"夏王"。当李世民攻击盘踞在洛阳的王世充时，王世充派人向窦建德求援。窦建德认为李世民消灭王世充后一定会进攻自己，有唇亡齿寒之忧，于是决定率军救援洛阳。双方在虎牢关发生激战，窦建德战败被俘，后被押送到长安斩首。

章丘人杜伏威、辅公祏在齐郡（今山东）组织起义，随后南下淮南广大地区发展，力量不断壮大。起义军在攻打江都（今江苏扬州）时与隋军发生激战，杜伏威率兵强攻隋军，战斗中他的前额被敌箭射中，但仍带箭冲入敌阵，杀得隋军大乱。随后起义军攻下高邮、历阳，建立政权，杜伏威任总管，辅公祏任长史。隋炀帝在江都被杀后，起义军内部发生了分化。后来杜伏威投降了李渊，辅公祏则起兵反唐，失败后被杀。

李唐建立

隋王朝在此起彼伏的农民起义的沉重打击下摇摇欲坠，然而，压倒隋王朝的最后一根稻草并非农民起义军，而是隋炀帝的表哥李渊。

李渊出身北周关陇贵族家庭。他的父亲李昞与隋文帝杨坚都是北周的柱国大将军，两人还都娶了同为柱国大将军的独孤信的女儿。杨坚娶的是独孤伽罗，李昞娶的是独孤伽罗的姐姐。因此，隋炀帝杨广与李渊其实是表兄弟关系。

616年，在北方农民起义烽烟四起的时候，隋炀帝不顾群臣阻挠，带着御林军去扬州躲清净。临走前他任命唐国公李渊为太原留守，并交给李渊三个任务：监造晋阳宫、防守北边的突厥、镇压境内的起义军。

太原是拱卫首都长安和东都洛阳的北方军事重镇，而李渊已经掌握了此地的军政大权。李渊本人的见识才能并没有过人之处，他的次子李世民却非常有雄心。李世民认为隋王朝已经失去了民心，便想利用形势，扯起反隋大旗，大干一番。于是他散尽家财，结交豪杰，招兵买马，力劝李渊起兵。

隋炀帝在扬州的温柔乡里享着清福，他的表哥李渊却盯上了首都长安，并于617年七月誓师南下，以"废昏立明，匡复隋室"的名义正式起兵，直取长安。入主长安后，李渊假模假样地宣布遥尊隋炀帝为太上皇，拥立炀帝的孙子代王杨侑为帝，也就是隋恭帝。隋恭帝则进封李渊为唐王、大丞相、尚书令。就这样，李氏父子完全控制了关中局势，取得了号令天下的有利地位。

次年三月，杨广在扬州被宇文化及杀死。消息很快就传到了长安，李渊见称帝时机已成熟，便撕下了"复兴隋室"的伪装，于五月逼迫杨侑禅让，自行称帝，改国号为"唐"，史称"唐高祖"。李渊封长子李建成为皇太子，封李世民、李元吉为秦王、齐王。李渊称帝后派李世民东征西讨，消灭了隋末起兵割据一方的群雄，如陇右的薛举、薛仁杲父子和李轨，山西的刘武周、宋金刚，河北的窦建德及山东的王世充，天下基本平定。

终结了魏晋南北朝数百年分裂局面的隋朝，仅仅维持了三十七年，皇位只传了两代就被李氏夺去了天下。但无论是功在千秋的大运河，还是沿用上千年的科举制度，都是隋朝为后世留下的影响深远的贡献，不会随着隋朝的速亡而被抹去。

读史点评

　　隋炀帝是一位后世褒贬不一的帝王。他下令开凿疏通的京杭大运河沟通了南北，使中国南北方之间经济、文化联系更为紧密，对后世产生了重要影响，可以说"利在千秋"。但由于工程浩大，限定工期太短，征发的几百万劳工死伤达几十万，弄得怨声载道、民不聊生，又可以说"功不在当代"。此外，炀帝又营建东都洛阳，大造龙舟，三下江都，三征高句丽……种种好大喜功、急功近利的行为给百姓带来了无比沉重的负担，超出了百姓能够承受的极限，导致隋王朝二世而亡。古代《谥法》说"逆天虐民曰炀"，唐朝将"炀"这个谥号送给杨广，也算是恰如其分。

　　隋文帝杨坚与隋炀帝杨广虽是父子，两个人的性格特点、行事风格却截然不同。试着比较一下隋朝这两位皇帝分别留下的治国成绩单，分析这对当时和后世分别产生了怎样的影响。

第二章

雄才大略的唐太宗

1. 玄武门之变

天策上将

在太原起兵反隋、扫灭隋末群雄的过程中，李世民一直战斗在第一线，几乎打下了一半江山，为大唐开国立下汗马功劳。李渊先后封他为司徒、尚书令、中书令（相当于首席宰相）。

由于常年领兵作战，李世民手下猛将如云，如尉迟敬德、秦叔宝、程咬金等。同时，李世民也注重网罗文才，秦王府中有著名的"十八学士"，当中就包括多谋善断的房玄龄和杜如晦。

李世民功劳大，但按照传统的嫡长子继承制，皇位将来只能是太子建成的。他心里当然不服气，不但不服气，还表现得非常明显。在平定了王世充、窦建德，凯旋班师长安时，李世民高调地举行了盛大的入城仪式。

他身披黄金铠甲，一万多骑兵、三万多甲士紧随其后，浩浩荡荡开进都城，队伍之长竟然排出两公里开外。

眼看着二弟的地位越来越高，太子李建成看在眼里，急在心里。李渊心里也不高兴，认为这是摆明了向自己示威。即便如此，李渊也无可奈何，毕竟怂恿他起兵的是李世民，为他打下这壮丽天下的也是李世民。但已经封了李建成做太子，还能给李世民什么更高的身份呢？老谋深算的李渊灵机一动，生生造出一个"天策上将"这样前无古人、后无来者的名头，封给了李世民。但其实，李渊和太子心里都清楚，李世民想要的不是这个。

而李建成作为大唐皇帝的继承人，长期留守长安协助皇帝处理日常政务，身边自然而然地吸引了大量的文臣武将，武有薛万彻、冯立、马三宝等名将，文有魏征、王珪等谋臣。这还不算，他又从全国选拔两千多人，组成战斗力强悍的长林兵护卫东宫，再加上弟弟齐王李元吉的加盟，综合实力也不容小觑。

李建成、李世民兄弟二人明争暗斗，大臣们自然也分为太子派和秦王派。有一天晚上，李建成请李世民喝酒，席间李世民突然心口疼，然后吐了好多血。这事令人不禁猜测，怀疑酒里有毒。李渊知道后，唯恐兄弟二人做出什么出格的事，便让李世民率领人马到洛阳去，代表皇帝统治陕州以东的所有地区。李世民正想着怎么远离太子，毫不犹豫地就答应了。但李建成和李元吉知道，李世民这一走如虎入山林、龙归大海，再想收拾他可就难了。于是二人跑到李渊面前说李世民的坏话，甚至怂恿老皇帝杀掉李世民。

李渊权衡一番，竟然改变主意，把李世民留在了长安。这时，突厥铁骑来犯，包围了边境的一座城市，李元吉被任命为元帅，统兵前往救援。李世民得到密报，太子李建成将在为李元吉饯行的宴会上谋杀自己，手下的爱将尉迟敬德等则被编入李元吉部队，在战场上秘密处决。

李建成显然是想把李世民和他的势力一网打尽。那么，为大唐立下赫赫战功、性格刚烈的天策上将李世民和秦王府的文臣武将，难道会坐以待毙、束手就擒吗？

兄弟相争

626年六月初一、初三两天，太白金星突然两次在大白天出现在天空正南方。

事出反常，掌管天象的部门马上密报李渊，说金星出现在秦地的分野上，这是秦王应当拥有天下的征兆。李渊吓了一跳，当即召李世民进宫问话。面对严厉的质问，李世民却转移话题，先发制人，告发太子建成和齐王元吉与后宫的尹德妃、张婕妤私通。

李渊听后盛怒，想起当初正是因为李世民联合晋阳宫副监裴寂安排宫女侍奉自己喝酒——这要是暴露了，可是杀头的大罪——他才被迫下定了在太原起兵反隋的决心。如今这相似的一幕令李渊感到不寒而栗，莫非太子李建成也有了弑父自立的野心？于是他恼羞成怒地对李世民说："明天你早点来，我要你与建成、元吉当面对质。"但李渊没想到的是，李世民其实根本没打算对质。

再说李建成这边。天下没有不透风的墙，张婕妤知道李世民的作为后，急忙派人飞报李建成，让他早做准备。李建成将李元吉召来商议此事，李元吉说："咱们手里有几千军队，怕他干什么。就说生病去不了，看看形势再说。"李建成说："父皇召见咱们，宫中的军队防备很严，老二害不了咱们。咱们应当进宫朝见，打探虚实。"

李建成之所以敢这么做，是因为他的亲信常何是玄武门的禁卫总领。但他不知道的是，此时的常何早已倒向了秦王李世民一边。第二天清晨，李建成和李元吉准备进宫对质。二人走到玄武门外时发觉不对劲，掉转马头想逃回东宫，却发现李世民的悍将已将他们团团围住。

李元吉见势不妙，连忙搭弓射箭，但由于太过紧张，一连三次都没有射中李世民。反倒是李世民大喝一声，将李建成射死在地。尉迟敬德也带领骑兵赶到，乱箭射向李元吉，李元吉跌下马来。就在此时，李世民的坐骑受到了惊吓，跑入玄武门旁边的树林。不巧的是李世民又被林中的树枝挂住，从马上摔了下来。李元吉迅速赶到，夺过弓来想勒死李世民。就在这千钧一发之际，尉迟敬德跃马奔来救援，杀死李元吉，并砍下了他和李建成的脑袋。东宫和齐王府的军队赶来救援，见到尉迟敬德手提着两颗鲜血淋漓的人头，顿时吓得一哄而散。

玄武门之变以李世民的完胜告终。老皇帝李渊知道后，只得立李世民为太子，并将一切权力交给了李世民。两个月后，李渊宣布退位为太上皇，李世民正式成为大唐皇帝——唐太宗。

李世民将太子李建成射杀于玄武门

2. 贞观之治

国策大讨论

每个大一统王朝建立后，都会总结前代得失，确定本朝的治国路线。比如秦始皇统一六国后，就针对实行什么行政体制组织过一场大讨论，结果是废除分封制，实行郡县制。西汉初年，刘邦也组织过类似的讨论，最后决定实行郡国并行制。

李世民经历过隋末群雄逐鹿的混乱，亲眼见到民不聊生的惨状，在平定天下的过程中，他自己也是九死一生。于是，他郑重地向群臣提出一个问题：平定了天下之后，怎样才能治理好国家？面对皇帝的提问，大臣们进行了认真的思考，很快形成了两派意见。

宰相封德彝认为，夏商周以来，人心越来越坏，治理天下也越来越难。隋炀帝失去天下，不是因为他皇帝做得不好，而是治理天下确实不易。作为掌权者，不能过于理想化，乱世必须用重典。天下大乱之后，应该使用强力，让人们服从。封德彝的这种主张其实就是传统的"霸道"路线。当时天下刚刚平定，群臣都亲身经历隋末的动荡，所以很多人赞成封德彝的主张。

但归附了李世民的魏征却不同意。他反驳道，如果夏商周三代以来人心越来越坏，那么时至今日，哪里还有好人呢？天下治理得是否成功，关键在朝廷而不在百姓。朝廷应该负起相应的责任，实施以德治国的路线，要求百姓做到的，朝廷要先做到。孔子说过："政者，正也。其身正，不令而行；其身不正，虽令不从。"魏征认为，只要朝廷自身德行端正，符合儒家思想，自然会赢得百姓的拥戴。这是传统的"王道"路线。

朝臣中有的赞成封德彝的霸道路线，有的支持魏征的王道路线。双方各自引经据典，唇枪舌剑，你来我往，争论得不可开交。

朝臣们的意见仅供参考，最终决定权在皇帝手里。唐太宗李世民经过一番权衡，决定采取魏征的王道路线——以德治国。唐太宗定年号为"贞观"，这两个字就出自《易经》中的"天地之道，贞观者也"。"贞"是"正"的意思，而"观"的意思是"展示"，合起来就是"以正示人"，这显示了唐太宗李世民采取王道路线的决心。

君王是舟，民众是水，水能载舟，亦能覆舟。这句话成了唐太宗李世民的治世名言，体现了他以民为本的治国思路。也正是因为忠实地执行了以德治国、以民为本的儒家王道路线,唐太宗才取得了政治清明、经济复苏、文化繁荣的治世局面,史称"贞观之治"。

"房谋杜断"

唐太宗知人善任,用人唯贤,不问出身,因此能够从各阶层中搜罗许多杰出人才。其中最著名的就是多谋的房玄龄和善断的杜如晦,时人称誉他们是"房谋杜断"。

房玄龄在李世民刚起兵的时候就前往投奔,两人一见如故。房玄龄一直不离李世民左右,被李世民视为大唐开国第一功臣。

唐朝建立之初,各地还有许多割据势力。李世民每攻灭一方割据势力,手下都会有不少人前去搜求珍宝异物,只有房玄龄会首先收拢人才,将富有谋略和骁勇善战的人推荐给李世民,共同为李世民效力。

李世民还是秦王时,杜如晦任秦王府兵曹参军,不久调任陕州长史。当时王府的幕僚很多调任地方官,李世民十分担忧。房玄龄说:"少了其他人倒是没有什么可惜，但杜如晦是辅佐帝王的人才，大王想经营四方，一定要有他才行。"于是李世民立刻上奏，请求让杜如晦做秦王府的属官。此后，杜如晦便经常与房玄龄一起跟随李世民征伐，出谋划策，运筹帷幄。军队里的事务很多，杜如晦拿到手上，即刻分析决断，行动非常迅速。

玄武门之变，房玄龄和杜如晦也都参与了谋划。他们秘密出入秦王府，帮李世民拿定主意，诛杀了太子李建成、齐王李元吉，最终帮助李世民当上了皇帝。

李世民即位后，任用房玄龄和杜如晦为宰相。房玄龄通晓政事，又有文才，日夜操劳，唯恐有一点差错。他与杜如晦一起选拔士人，不遗余力，连尚书省的制度架构，都是二人商量决定的。太宗每次与房玄龄议事，总是说："一定要杜如晦来了再做决定。"这都是因为房玄龄善于谋划，杜如晦善于决断的缘故。房玄龄和杜如晦配合得十分默契，齐心协力为国家效力。

杜如晦去世时，唐太宗流着眼泪对房玄龄说："你与如晦一起辅佐我，如今只能看到你，看不到如晦了。"后来房玄龄病重，太宗将他接到宫中疗养。听说他病情略有好转，则喜形于色；听说病情加重，则忧虑憔悴。房玄龄去世未满一年，李世民也驾崩了，二十三年的"贞观之治"随之落下了帷幕。

唐太宗的"镜子"

　　唐太宗善于纳谏，在历史上是出了名的，这也是贞观之治成功的重要经验。

　　纳谏就是上级接受下级的批评。权力是自上而下运行的，因此上级批评下级是很正常的事，而下级批评上级，却不是每一位上级都能接受的。这就要求上级要有宽广的胸怀，能够接受下级提出的正确建议，特别是要能包容下级提出的批评意见。唐太宗李世民就是这样一位善于纳谏、从谏如流的皇帝。大臣之中，向唐太宗提意见最多、最深刻的则是魏征。

　　唐太宗要营建东都洛阳，身为中牟县丞的皇甫德参不顾职位卑微，大胆上书反对，认为这样做劳民伤财。太宗非常不悦，在朝堂上生气地对众大臣说："难道要国家一个人都不役使，皇甫德参这样小小的县丞才会满意吗？"于是准备治皇甫德参的罪。

　　这时魏征站了出来，为皇甫德参辩解道："自古以来上书都是言过其实，不然引不起君主的注意。请皇上一定要理解皇甫德参作为县丞却敢于上书劝谏的忠心。"太宗也马上就明白了,不但没有治皇甫德参的罪,还赏赐他二十匹绢。魏征却说:"最近陛下的心胸好像不够开阔呀。"太宗听魏征这么说,又明白了,魏征这是觉得赏赐得不够。于是他就提拔皇甫德参为监察御史,以表明自己愿意真心听取臣下的意见。

有一次,唐太宗要娶大臣郑仁基的女儿做妃子,并请宰相房玄龄亲自张罗这件事。魏征听说后对太宗说:"听说郑仁基的女儿已经与一个叫陆爽的人订婚了,陛下这样做不合适吧。"太宗马上让房玄龄去核实,结果郑家、陆家都否认双方有婚约。但为什么没有婚约,却有婚约的传言呢?这让太宗非常疑惑。魏征认为,之所以会这样,是因为郑、陆两家害怕陛下娶亲不成而遭受打击报复。唐太宗难过地说:"多年来,朝廷上下兢兢业业,努力工作,就是为了让老百姓过上好日子,赢得他们的信任。人家订婚在前,我们在后,错不在对方,我有什么理由打击报复呢?"太宗难过不是因为娶不了一名妃子,而是觉得朝廷的努力还不够,还不能得到百姓的信任。于是他下令取消了这门婚事。

据说,魏征一生中向太宗进谏五十多次,提了两百

敢于谏言的魏征与从谏如流的唐太宗

多条意见，唐太宗全部都接受了。魏征去世时，太宗非常难过，说出了一段名垂后世的话："以铜为镜，可以正衣冠；以古为镜，可以知兴替；以人为镜，可以明得失。魏征去世了，朕失去了一面镜子呀！"

3. 天可汗

对突厥的和与战

唐太宗李世民即位当月，突厥颉利可汗竟然趁唐朝政权交接、内部不稳之际，联合突利可汗率领二十万骑兵，一路突破泾州、武功、高陵、泾阳，攻到离长安仅有四十里的渭水北岸。大唐上下为之震惊，长安全城随即戒严。如何退敌，成了考验这位刚刚登基的年轻皇帝的一道难题。

此时，嚣张的颉利可汗派遣心腹大将执失思力前往长安打探虚实。他当着唐太宗的面示威般宣称，可汗已经率领百万大军全部到位，想借此恐吓唐太宗。太宗大怒，斥责执失思力："我曾与你家可汗缔结盟约，你们为什么不讲诚信？你们虽然是夷狄之族，也应该长着人心吧？如果胆敢再耀武扬威，我现在就杀了你！"在威严的太宗面前，执失思力吓得请求饶命，被看管了起来。

突厥人气焰嚣张，但新皇帝临危不乱。在囚禁执失思力之后，唐太宗带领大臣高士廉、房玄龄等六人骑马来到渭水南岸，同颉利可汗隔着渭水对话，责备他背弃盟约。不一会儿，唐军主力相继赶到，军队阵容盛大，军旗猎猎高展，向突厥人展示着大唐王朝的神圣不可侵犯。突厥酋长们被唐太宗闲庭信步的神态、英姿飒爽的威仪，以及他背后整肃雄壮的大唐军队所震慑。颉利可汗见大将执失思力去而未返，而大唐上自皇帝、下至兵卒都已经做好了决战的准备，于是请求议和。

两天后，大唐皇帝李世民与突厥可汗颉利在长安城西郊的渭水便桥上，签署了和平协议。大唐释放执失思力，颉利可汗则率突厥骑兵撤离，史称"渭水之盟"。就这样，刚刚即位的年轻皇帝凭着自己的果敢和智慧，将一场大战消弭于无形之中。

渭水之盟后，太宗随即开展了大练兵运动。他对将士们说："无事的时候，朕当你们的老师；突厥来犯时，便做你们的将军。"在太宗的亲自参与下,唐军发愤图强,战斗力得到了很大提升,随时准备对突厥发动反攻。突厥退兵不久,因颉利、突利两位可汗发生矛盾,内部陷入混乱。唐太宗看准时机,于629年十一月命令李靖率李勣、柴绍、薛万彻等统兵十万,分路出击突厥。颉利可汗招架不住,在逃往漠北途中被俘,突厥将士见大势已去,纷纷投降,东突厥至此灭亡。

强大的东突厥归于大唐版图,周边的少数民族纷纷臣服。西域各族部落酋长到长安觐见时,一致推举唐太宗做他们的"天可汗",也就是各族人民共同尊奉的大汗。这在大唐之前的历史上是没有过的,太宗皇帝谦虚地问:"我已经是大唐的天子了,再做他们的可汗,合适吗?"大臣们和西域各族酋长立马跪地叩拜,山呼万岁。

既然是天可汗,就有直接向西域各族酋长下诏的权力。太宗规定,西域各族酋长去世扶立新王,必须有大唐的册封诏书,才是合法的国王。这就是大唐建立的册封体制。此后,为打通商路,唐太宗又继续对西域用兵,先后击败吐谷浑,灭掉高昌、焉耆、龟兹,并建立了安西四镇,西与波斯接壤,彻底打通了西域的交通线。随着唐太宗向北、向西的军事胜利，唐朝实际控制的疆域范围不仅超越了隋朝，也超出了今天中国的国界，为此后盛唐的辽阔疆域和中外交流奠定了基础。

文成公主入藏

大唐立国之初，在唐太宗的治理下出现了贞观之治的盛世局面。而就在大唐国势蒸蒸日上的时候，西藏高原上也出现了一个新兴的藏族王朝吐蕃。

吐蕃本是羌人的一支，首领称为"赞普"。松赞干布是吐蕃王朝很有作为的赞普，他热心接受周边各族的先进文化，派贵族子弟到天竺留学，并参考梵文和古和阗文制定了藏文字母，使藏族从此有了文字。与此同时，松赞干布更倾心于历史悠久、文化灿烂的中原王朝，并决心要与大唐建立友好关系。

松赞干布听说吐谷浑、突厥的可汗都娶了唐朝公主为妻，于是派大相禄东赞带了大批金玉珠宝，到长安向唐太宗提出了同样的请求。太宗皇帝只好将某位宗室的女儿封为文成公主，下嫁松赞干布。传说当时各国派来的好几位求婚使者都想迎回大唐的公主，为公平起见，唐太宗出了六道难题，哪国婚使在答题比赛中胜利，就能迎回公主。

第一题要求把一根柔软的绫缎穿过明珠的九曲孔眼，这可难倒了几位婚使。吐蕃婚使禄东赞最先想出办法，把一根细丝线的一头系在蚂蚁的腰上，另一头缝在绫缎上。他在九曲孔眼的一端抹上蜂蜜，蚂蚁闻到甜味便顺着小孔爬了进去，绫缎也就随着丝线穿过了九曲明珠。接着，禄东赞又一一化解了后面的五道难题，最终成功为吐蕃迎回了文成公主。唐太宗"六难婚使"的有趣故事，也一直流传下来。

既然是公主出嫁，而且嫁得那么远，嫁妆一定要非常华贵而丰厚。为显示大唐帝国的文明与富有，促进汉藏交流，唐太宗为文成公主准备的嫁妆里，不但有乳娘、宫女、乐队、工匠等服务人员和大量的金银、珍宝、绸缎，还有大批经史、诗文以及佛教、工艺、医药、历法等方面显示唐帝国文明的书籍。文成公主是虔诚的佛教徒，因此她的嫁妆里还有佛塔、经书和佛像。可以说，文成公主的嫁妆简直就是微缩版的大唐文明。

松赞干布非常喜欢贤淑多才的文成公主，专门为公主修筑了富丽壮观的布达拉宫。文成公主也没有辜负松

文成公主入藏

赞干布的期望。她在经过的地方，让汉族工匠安装石磨，教会藏人利用水力碾磨青稞；她在泽当居住时，教会当地藏族农民平整田地、改进种植方法；她带去的工匠教会藏族妇女刺绣、纺织等技术。也是在公主的影响下，松赞干布聘用唐朝文士做文书管理工作。吐蕃贵族开始热心学习汉族文化，不少贵族子弟到长安学习儒家经典。

"自从贵主和亲后，一半胡风似汉家。"唐朝诗人陈陶在《陇西行》中的这句诗，正是中原文化在藏地开花结果的诗意见证。

4. 难以处理的身后事

相继被废的继承人

大唐建立的第二年，秦王妃长孙氏为李世民生下了第一个儿子，因为生于太极宫承乾殿，故以此殿为名，取名李承乾。李世民即位当年，依照嫡长子继承制，年仅八岁的承乾被立为皇太子。

为了培养李承乾，太宗皇帝倾注了大量心血。他让儒学大家陆德明、孔子第三十一世孙孔颖达、名臣李纲和魏征担任承乾的老师。承乾聪明好学，对人谦逊有礼。他的老师李纲年迈并且走路不方便，只能乘着轿子进宫。承乾得知后，便亲自将老师接到殿上，并恭恭敬敬地行礼，向他虚心请教，态度极为礼敬。李纲病逝后，承乾亲自为老师立碑。

李承乾十二岁时曾生过一场病，唐太宗特地请来道士秦英来为儿子祈福。承乾病愈后，唐太宗又召三千人出家，并特地修建了西华观和普光寺，还将狱中的囚犯减免罪行，以此为儿子祈福，这些都足见太宗皇帝对太子的慈爱。然而自小成长于深宫之中的李承乾，随着年龄的增长，开始有了叛逆之心。他的一些做法逐渐引起太宗皇帝的不满，比如大建宫殿、私养男宠、与宦官玩乐等。

李泰是太宗皇帝与长孙氏生的二儿子，才华横溢，爱好文学，擅长草书和隶书，是当时有名的书法家和书画鉴赏家。他是除皇太子之外太宗最宠爱的儿子，被封为魏王。有一次，李泰将自己主编的地理学著作《括地志》呈太宗御览。太宗皇帝看了非常高兴，如获至宝，不仅将这部著作收进了皇家的藏书阁中，还接二连三地赏赐李泰,数量之多甚至超过了太子的规格。

太宗皇帝的宠爱,使魏王李泰逐渐产生了一种错觉,以为只要把亲哥哥承乾拉下马,自己就能登上储君之位。而魏王的日益受宠,也让太子感受到了前所未有的压力。他试图派人暗杀李泰失败后,勾结汉王李元昌、将军侯君集等一批文臣武将,打算先下手为强,起兵向太宗逼宫,结果事情败露,皇太子之位自然也被废黜,自己更被贬为庶民。不久,李泰因为涉嫌谋取太子之位,也由魏王被降为顺阳郡王。

幸运继位的李治

皇后长孙氏共为唐太宗生下三个儿子,分别是李承乾、李泰和李治。但皇帝的妻室却不止皇后一个,按照年龄排序,李泰排行老四,李治排行老九。其中李治生性软弱,宽厚仁慈,母亲去世时才九岁,太宗皇帝非常爱怜李治,将他接到宫中亲自抚养,后封为晋王。

皇太子李承乾被废黜后,唐太宗一度打算立李泰为储君。李泰深知父亲疼爱九弟李治,便在太宗面前承诺"杀子传弟",表示将来要将皇位传与胞弟晋王李治。与此同时，李泰又以汉王李元昌谋反的事恫吓与李元昌交好的李治。李治将此事告诉李世民后，李世民非常生气。

太宗虽然口头许诺立魏王李泰为太子，但司空长孙无忌坚持请立晋王李治为太子。而太宗在审问李承乾谋反案的时候，李承乾又指控李泰对太子位有所图谋。太宗一怒之下，先是幽禁李泰，后又将其贬为顺阳郡王。

嫡长子、嫡次子先后被废后，在长孙无忌等人的一再请求下，太宗皇帝只得立年仅十四岁的嫡三子李治为太子。太宗皇帝的三子吴王李恪外貌英武，很有才干，在立李治为太子后不久太宗又觉得李治懦弱，恐怕承担不起皇帝的重任，转而觉得吴王李恪英明果敢，最像自己，便有了更换太子的打算。

长孙无忌是长孙皇后的亲哥哥，曾担任宰相，说话很有分量。亲舅舅当然处处维护自己的外甥。唐太宗易储的想法遭到了长孙无忌的坚决反对，太宗说："因为李恪不是你的亲外甥，你才反对的吗？"长孙无忌解释道："太子仁慈厚道，是可以守成的君主。太子的位置这么重要，怎么能随便改变？希望陛下深思。"太宗这才打消了更换太子的念头。

后来，太宗皇帝担心的事情还是发生了。李治即位后，仁弱的一面充分显露，朝政先是被长孙无忌等顾命大臣控制，后来又被皇后武则天控制。在他死后武则天更是改唐为周，将大唐王朝一分为二。

读史点评

　　唐太宗虽然通过流血政变上台，却成功开创了华丽的贞观之治，是中国历史上最杰出的君主之一。他虽不是唐朝的开国君主，却提出了太原起兵的谋划，之后又为高祖平定群雄，对唐朝的建立有开创之功。

　　太宗即位后，注意总结和吸取隋朝覆亡的教训，充分认识到了"水能载舟，亦能覆舟"的道理。对内他尽力做到以民为本，从谏如流，使社会出现安定繁荣的局面。对外他致力于逐一解决突厥、吐谷浑等周边民族的威胁，打通西域商路，使得大唐的辖境与波斯接壤，推动了各民族的融合和中外交流，被各族人民尊称为"天可汗"。他开创的时代被后世誉为"贞观之治"，是一个真正的黄金时代，为后来的开元盛世奠定了重要基础。

思考题

唐太宗以从谏如流著称,曾留下"以铜为镜,可以正衣冠;以史为镜,可以知兴替;以人为镜,可以明得失"的千古名言。试着谈谈唐太宗"以史为镜"和"以人为镜"的具体表现有哪些。

第三章

盛唐及其终结

1. 武周兴衰

从媚娘到女皇

在中国历史上,女主临朝称制的情况并不少见,但从幕后走到台前直接称帝的正统的女皇帝,武则天是唯一的一个。

武则天的父亲武士彟（yuē）原本是做木材生意的商人,因资助唐高祖李渊在晋阳起兵而登上历史舞台。他于高祖一朝当过工部尚书,封应国公,在武则天十二岁时就去世了。637年,唐太宗巡幸洛阳,听说武士彟的女儿长得很漂亮,便召她入宫,封为五品才人,赐号"武媚"。武则天时年十四岁,这也是后世称呼她为"武媚娘"的缘由。

"一入侯门深似海",何况是嫁入帝王家。武则天进宫对武家到底是好事还是坏事,母亲心里没底,但从此之后想再见到女儿恐怕是难了。因此,武则天进宫前,母亲止不住地抹起了眼泪。武则天则劝慰她说:"我侍奉的是圣明的天子,难道这不是我的福分吗?"

唐太宗一生爱马。他有一匹马叫狮子骢(cōng),肥壮任性,没人能驯服它。武则天对太宗说:"我能制服它,但需要三件东西,一是铁鞭,二是铁棍,三是匕首。先用铁鞭抽打它,如果不服,就用铁棍敲击它的脑袋,还不服,则用匕首割断它的喉管。"李世民听后,夸赞武则天够胆气。只可惜武则天并未得到太宗皇帝的宠爱,默默地做了十二年的才人。不过,太宗病重期间,武则天见到了小她四岁、常来伺候父皇的太子李治,两人迅速擦出了爱情的火花。

太宗死时武则天二十六岁,太子李治继位成了唐高宗。按照规定,武则天与部分没有子女的嫔妃要一起入长安感业寺做尼姑。虽然人在皇宫,但高宗的心却时常越过感业寺高大的院墙,并借为父皇上香之机,与武则天互诉思念之情。偷偷摸摸总不是个办法,皇帝老往感业寺跑又成何体统!为了能与媚娘长相厮守,高宗皇帝一不做二不休,一年后就把武则天从感业寺接回宫里,四年后封她为皇后。

后来高宗皇帝身体不好，常常头晕，不能处理国家大事，武则天开始参与朝政，并逐渐掌控了权力。李治死后，太子李显继位，武则天以皇太后的身份临朝称制。可惜李显不怎么讨母后的喜欢，只当了几个月皇帝就被武则天找借口废掉了。她另立四子李旦为皇帝，自己垂帘听政。李旦虽然名为皇帝，却被武则天软禁了起来，不得参与政事。就这样，皇帝成了傀儡，武则天掌握了大唐的全部权力，离当皇帝只有一步之遥。她的政治野心也越来越膨胀，逐渐有了代唐自立的念头。

但自己直接当皇帝毕竟有点底气不足，总得找点"天象"当依据。690年，先是有个和尚编造《大云经》，称武则天是弥勒佛化身下凡，应该代替唐朝成为新的皇帝。后来有大臣报告"凤集上阳宫，赤雀见朝堂"，群臣纷纷劝进武则天称帝。武则天也认为时机成熟，于是称"圣神皇帝"，改国号为"周"，定都洛阳，史称"武周"。

武则天的功与过

论统治国家，武则天一点也不输男人。若从660年参与裁决政事算起，到705年还政于唐，武则天前后执政

中国古代唯一正统的女皇帝武则天

四十五年。若从684年中宗李显继位算起，武则天正式掌权也有二十一年。她在执政期间打击关陇贵族，重用科举出身的庶族，知人善任，使社会经济得到进一步发展，史称"有贞观遗风"。

武则天还有许多其他创举，科举方面就有三项。一是开殿试之先河。690年，也就是称帝第一年，武则天在东都洛阳上阳宫洛成殿亲自主持科举考试。由于考生有上万人之多，一连考了好几天才结束。二是首创糊名制。为确保科举考试公平公正，防止营私舞弊，武则天发明了把名字遮起来改卷的"糊名"制度。三是首创武举制。科举自隋朝创设以来，选拔的都是文官。为选拔军事将领，692年，武则天开设武举考试，主要考举重、骑射、步射、马枪等，每年举行一次。武举考试成为后世各朝网罗武备人才的重要制度，产生了深远的影响。殿试、糊名、武举也在宋代成为定制，并为后世所沿用。时至今日，在各种升学考试和选拔考试中，糊名制度依然广泛使用。

武则天十分注意听取臣下的意见，对直言敢谏之臣十分敬重，对他们提出的意见尽量采纳。即使有些人上书说了很难听的话，武则天也能宽容地不予追究。这对改革弊政、促进政治清明起到了很大作用。为广开言路，鼓励上书言事，武则天在朝堂上放置了一种类似现在意见箱的装置，名叫"铜匦（guǐ）"。铜匦设计得十分巧妙，有四个格子，大小刚好可以投进表疏。同时武则天还配备了一定级别的官员充任受理官员。这可以说是今天普遍使用的意见箱的最早雏形。

武则天重视人才选拔，下令准许官吏、百姓自荐。她还首创"同中书门下平章事"这一职位，选拔大量低品官员进入政事堂，资历不足的低级官员若得君主信任，亦能荣登宰相之位。武则天一朝号称"君子满朝"，李昭德、娄师德、魏元忠、狄仁杰等相继为宰相。后来辅佐唐玄宗的名臣姚崇、宋璟、张说等人，也都是武则天选拔出来的。这几位贤相成为开创开元盛世的功臣，也证明了武则天用人的眼光。

不过，武则天也有不少惹人非议的做法。代唐自立后，为巩固自己的统治，武则天任用酷吏周兴、来俊臣，不断打击李唐皇室势力，大肆屠杀异己。在不择手段的酷吏营造的恐怖氛围下，一时间人人自危、人心惶惶。她还笃信佛教，大造佛像佛寺，花了不少钱。比如下令建造高达八十八米的明堂，号称"万象神宫"。又在明堂北面建造巨大的佛像,佛像的小指就能坐下几十个人,史料记载整座佛像高达惊人的二百六十四米。为存放这座佛像,又造了同样巨大的"天堂"。

武则天还喜欢乱改年号。年号是中国封建王朝用来纪年的一种名号,由汉武帝创立。一个皇帝所用年号少则一个,多则十几个。比如唐高祖年号"武德"、唐太宗年号"贞观"等。武则天在位二十一年,竟先后换了十七个年号,甚至一年之内用了三个年号,其中"天册万岁"只用了三个月。这些年号大多是对她自己歌功颂德,造成了极大的混乱,也创下了中国古代皇帝更换年号最频繁的纪录。

武则天还有一大爱好,就是造字。最有名的就是为自己名字造的"曌"(zhào)字,把自己比作凌空的日月,普照万物,寓意"称霸宇内,统御天下"。

李唐复辟

684年,武则天软禁了睿宗皇帝,自己临朝称制,掌握了大唐的全部权力。此举引发了李唐宗室诸王的恐惧,他们怀疑武则天要取代李唐,并诛杀李氏皇族。越王李贞、韩王李元嘉、霍王李元轨、鲁王李灵夔等起兵反对武则天，遭到武则天严酷镇压，全部被处死。英国公徐敬业以支持唐中宗李显复位为名，在扬州起兵讨伐武则天，并让谋士骆宾王撰写《为徐敬业讨武曌檄》，号召天下勤王，但很快也被歼灭。

宰相裴炎是高宗临终时的顾命大臣，处处维护李唐王朝。武则天就处死反叛的李唐诸王一事向他征求意见，裴炎明确表示反对。武则天想追封自家先祖为王，裴炎说："难道您忘记了吕后败亡的教训了吗？"徐敬业起兵后，裴炎趁机请求武则天还政于皇帝李旦。这些事让一心想当皇帝的武则天非常不高兴，于是当年十月就以谋反罪将裴炎处死。

武则天称帝后，以李显为皇嗣，大封武姓子侄为王，武氏家族势力越发强大。她的侄子武承嗣、武三思都想做太子。武则天在立侄子还是儿子做太子这件事上，一时拿不定主意，于是就询问宰相狄仁杰。狄仁杰虽是武周宰相，但他心存唐室，并不希望武承嗣、武三思得逞。他没有正面回答武则天，而是反问道："陛下觉得姑侄与母子相比，哪个更亲呢？"这句话一下点醒了武则天，于是立李显为太子。

武则天称帝时已经六十七岁了，是中国历史上即位时年龄最大的皇帝。在解决了继承人的问题之后，武则天志得意满，开始沉湎享乐，宠幸张易之、张昌宗兄弟，跟外界的联系越来越少。张氏兄弟专权跋扈，作威作福，甚至连武则天的孙女永泰公主都敢杀。朝臣对张氏兄弟恨之入骨。

705年正月，武则天病重，在迎仙宫卧床不起，只有张易之、张昌宗兄弟在身边。大臣张柬之、崔玄暐（wěi）和将军敬晖、桓彦范等谋划，由禁军统领李多祚率禁军五百余人冲入宫城，杀死二张，包围武则天居住的集仙殿，要求她退位。武则天被迫禅位于太子李显，随后徙居上阳宫，并于当年十二月病死，享年八十二岁。

就这样，武周结束，唐朝恢复，政权重又回到了中宗李显手中。因为当时的年号是"神龙"，因此这场政变又被称为"神龙政变"。

2. "忆昔开元全盛日"

一场接一场的政变

神龙政变后,李显重新成为大唐皇帝,并立李重俊为太子。李隆基的父亲李旦是李显的弟弟,如果按照皇权的正常交接顺序,别说李隆基了,就是李旦也没有机会成为大唐皇帝。

可叹重登帝位的唐中宗李显就是个窝囊废,这也为生性英明果断的李隆基带来了机会。中宗复位后,不顾群臣劝阻,也不顾前代教训,大封皇后韦氏一族,造成韦氏专权。韦后的权力欲望特别强,她心心念念想效法婆婆武则天做女皇帝,于是和武三思勾结起来,大肆打压反对自己的人,控制朝政。中宗的女儿安乐公主、武则天的女儿太平公主也都野心勃勃,各树党羽。太子李重俊由于并非韦后亲生,经常受到安乐公主等人的羞辱。忍无可忍的李重俊发动兵变杀死了武三思父子,但自己也被乱兵所杀。当年年号"景龙",史称"景龙政变"。

710年,唐中宗在宫中突然死去,韦后立自己的亲生儿子李重茂为帝,并以皇太后身份临朝称制。但外界盛传韦后和安乐公主毒死了中宗，朝野上下人心惶惶。于是李隆基联合姑姑太平公主发动政变，杀死韦后、安乐公主，拥立父亲李旦做了皇帝，就是唐睿宗。因为睿宗李旦曾经在武则天称帝前做过傀儡皇帝，因此这次也算是复位。当年年号为"唐隆"，史称"唐隆政变"。

李隆基为父亲复位立了大功，不过按照嫡长子继承制，排行老三的他仍与太子之位无缘。好在大哥李成器自知能力不如三弟，自觉让贤，就这样，睿宗封李隆基为太子，一场太子之争消弭于无形。然而太平公主也是一个有野心的人，心想这皇位既然母亲坐得，为何女儿坐不得？偏偏睿宗又特别宠这个妹妹，朝中大事都要与她商量，造成当朝七个宰相，有五个都是她推荐的。而英明神武的李隆基也不是好惹的，于是二人经常明里暗里上演姑侄斗法。

一边是亲妹妹，一边是亲儿子，面对二人的争斗，睿宗谁都不想得罪，只好小心翼翼地在太平公主和李隆基之间玩平衡。但后来两派势同水火，睿宗的平衡术玩不下去了。他本来就对皇位没什么兴趣，面对权力极强的妹妹的步步紧逼，便禅位于李隆基，自己逍遥快活地做起了太上皇。李隆基虽然当上了皇帝，但是朝中太平公主的势力仍然非常强大，文武百官也大都依附于她。有一次，她竟公然提出来要废掉李隆基，因宰相陆象先反对而没有成功。

政治斗争不是你死就是我亡。曾祖李世民发动玄武门之变才坐上皇帝宝座，父亲李旦也是在诛杀了韦后之后才复位的。为保住皇位，713年，李隆基带领五百羽林军率先发难，擒杀崔湜、岑羲、萧至忠、窦怀贞等太平公主的亲信，并将太平公主赐死。当年年号"先天"，史称"先天政变"。

就这样，经历了多次政变后，李隆基在惊涛骇浪中成功地掌握了大唐帝国的最高权力。

玄宗开启盛世

在扫灭了太平公主的残余势力后，李隆基改年号为"开元"，立志要开启一个新的时代、新的纪元。

李隆基即位时才二十八岁，年富力强。当上皇帝后不久，他就想任用姚崇为宰相。姚崇在武周时期便曾出任宰相，对政局、民情十分熟悉。他针对当时社会的实际情况提出《十事要说》，力主实行新政，推行社会改革,说玄宗若同意就上任,否则只有违抗君命了。姚崇的这十条意见,虽然只有区区两百多字,却都是针对他所经历的武则天、中宗和睿宗当政以来的政治弊端而提出,可谓言简意赅、字字珠玑。唐玄宗以一句"朕能行之"而悉数采纳,于是姚崇也接受了宰相的任命,并以《十事要说》为施政纲领,大刀阔斧地推行改革,一扫高宗末期以来政坛的积弊,为开元盛世的到来奠定了基础。姚崇也因此被称为"救时宰相"。

姚崇任宰相期间,山东地区发生蝗灾。老百姓以为是蝗神作怪,只知道磕头祭拜而不敢捕杀,任由蝗虫啃食庄稼。姚崇向受灾地区派御史为捕蝗使,督促各地采取火烧的办法灭蝗。有人说蝗虫是天灾,人是没办法消除的,捕杀得太多会伤了"天和"。姚崇不信这一套,他说:"如果任凭蝗灾蔓延,庄稼被吃光了,老百姓岂不都得饿死?我杀灭蝗虫是为了救人,如果因此上天降下什么祸患,由我一人承担,绝不会连累大家。"在姚崇的坚持下,蝗灾的危害被减小到最低限度,虽然连年蝗灾,也没造成大面积的饥荒。

宋璟接替姚崇担任宰相后,非常注意选拔人才,向玄宗提出新的用人原则:即便是资历高、考评成绩好的人，如果没有真才实学，也不会提拔选用。有一次，宋璟的叔父宋元超当了候选官，想谋得一个好差使，便向吏部说明自己和当朝宰相的关系，要求给予照顾。宋璟得知后，给吏部写了个"不能以私害公"的条子，要求不得录用宋元超。宋璟这种不徇私情的作风，一改中宗朝任人唯亲的不良风气，促成了开元初期政治清明的局面。宋璟担任宰相期间严于律己，宽以待人，不为自己争名夺利，被朝野上下称赞。大家纷纷说："宋璟如一缕春风，走到哪里，哪里就能感受到春天般的温暖。"

在唐朝历史上，姚崇、宋璟与太宗时期的房玄龄、杜如晦号称"四大贤相"。

姚崇、宋璟之后，唐玄宗又与张说、张九龄等宰相一起，继续励精图治，推进改革，社会经济得到进一步发展，国力达到鼎盛，出现了前所未有的盛世景象，史称"开元盛世"。作为亲历者，大诗人杜甫曾在《忆昔二首》中无限怀念地写道：

忆昔开元全盛日，小邑犹藏万家室。
稻米流脂粟米白，公私仓廪俱丰实。

国际大都会长安

唐朝的都城长安既是全国的政治、经济、文化中心,也是当时世界上规模最大的城市,称得上是一座国际化大都市。

隋朝虽然灭亡了,但宇文恺设计的长安城却保留了下来。经过不断地修建、扩充和完善,这座当时世界上最大的都市,日益显示出大唐帝国的气派、威严、繁盛和富庶。

如果你穿越回大唐,按照现在施行的交通规则靠右行驶,到了长安城门口一定会被守城的士兵拦住。因为唐朝实行的是"左入右出",也就是车子进城要靠左行驶,与今天恰恰相反。

走进长安城,你会觉得一切都是那么井然有序。从明德门走进长安,你会震惊于脚下这条道路的宽阔——最宽处达到了惊人的一百五十米。这就是著名的朱雀大街,是当时世界上最宽阔的道路。朱雀大街是长安城的中轴线,两边整齐地分布着市民居住的"坊"和开展贸易的"市"。都城是天子居住的地方,因此朱雀大街又叫"天街"。天街两侧设有人行道和排水沟,还栽种有整齐漂亮的垂柳。一到春天,柳树率先发芽,柳枝随风起舞,给帝国的首都带来绝美的景致,令人流连忘返。难怪一代文宗韩愈在《早春呈水部张十八员外》中说:

天街小雨润如酥,草色遥看近却无。
最是一年春好处,绝胜烟柳满皇都。

生活在长安,购物也非常方便。长安在外郭城的东、西两侧各设一个自由市场,东市是国内贸易中心,西市则是国际贸易中心。东、西两市店铺林立,货物堆积如山,小到针头线脑,大到奇珍异宝,各类商品一应俱全。仅东市的商业门类就分为二百二十行,而作为国际贸易中心的西市,其繁华程度更胜于东市。东、西两市规模宏大,开店铺的老板既有来自国内天南海北的商贩,更有来自西域各国的胡商,管理起来可不容易。唐朝在东、西两市分别设有市署和平准署,类似于现在的市场监督管理局和物价局,专门负责市场和物价的管理。所以,如果你穿越回大唐,在东、西两市购物遇到宰客的,可以到市署和平准署投诉。总之,要购物不是在东市买,就是在西市买,久而久之,购物就成了"买东西"。

盛唐长安城

人们居住的地方叫坊，行走的地方叫街，一百零九个坊被一条条街分割开来，住在一起的邻居就称为"街坊"。大诗人白居易来到都城后，盛赞长安"百千家似围棋局，十二街如种菜畦"。

与现在一样，有大商场的地方房子就贵。因此，东、西两市周边的坊里住的不是达官贵人，就是富商大贾。他们不但在城里的商业中心有豪宅，不少人还在长安城近郊的风景区买地建造别墅。别墅最集中的地方就是城南的樊川和城东的辋（wǎng）川。大诗人王维就在辋川买了一大片地，建造了一座大大的别墅。王维一生写了许多优美的诗歌来描写辋川，比如我们耳熟能详的《鹿柴（zhài）》：

空山不见人，但闻人语响。
返景入深林，复照青苔上。

王维将辋川视为自己的精神家园，甚至将自己的山水诗集命名为《辋川集》。

空前辽阔的疆域

我们常说大唐繁荣且强大,"繁荣"主要指的是国际化大都市长安城,"强大"说的则是唐王朝辽阔的疆域。全盛时期大唐的疆域东至朝鲜半岛,西达中亚咸海,南面包括越南北部,北面则到蒙古高原的北部,面积达到了空前的一千多万平方公里。

为了管理辽阔的国土,唐朝在边疆地区设置了安西、安东、安南、安北、北庭、单于六大都护府。击败西突厥后,唐朝在西域设置安西都护府,统辖碎叶、龟兹、于阗、疏勒这"安西四镇",最大管辖范围曾一度完全包括天山南北,最西达到波斯。安西都护府的设置,保证了丝绸之路的安全。波斯的萨珊王朝被阿拉伯帝国灭掉后,波斯王子卑路斯就带领王族顺着"丝绸之路",一路向东逃到长安,并最终客死于此。为了给去安西地区的人指路,唐帝国专门在长安城西北的开远门外立了块指路石碑,上面写着"向西距离安西九千九百里",足见唐帝国向西辖境之远。

为进一步巩固西北边疆,唐朝又设置了北庭都护府,管辖天山以北包括阿尔泰山和巴尔喀什湖以西的广大地区。边塞诗人岑参有一首《白雪歌送武判官归京》，诗中写道："北风卷地白草折，胡天八月即飞雪。忽如一夜春风来，千树万树梨花开。"说的就是北庭都护府首府庭州八月飞雪的壮丽景色。唐朝在北方设置燕然都护府，后改为瀚海都护府，高宗时改为安北都护府，辖境包括蒙古高原及北至贝加尔湖地区。唐睿宗李旦在当皇帝之前就做过安北都护府都护，不过他只是遥领，并没有真正到过那里。

征服高句丽后，唐在平壤设置安东都护府，管理辽东地区、渤海国、朝鲜半岛北部及西南的原百济国等地。在交州都督府的基础上，唐帝国于宋平县（今越南河内）设置安南都护府，管理包括越南北部在内的西南地区，当时著名的日本遣唐留学生阿倍仲麻吕（中文名晁衡）就做过安南都护府的都护。为管理突厥分裂后已被击溃的东突厥，唐帝国从安北都护府的辖境内分出一部分设置单于都护府，所辖地区基本上位于今内蒙古自治区境内。

盛唐时期空前辽阔的疆域，不仅彰显了雄厚的国力，也促进了各地之间、中外之间的交流。然而这样辽阔的疆域并没能维持太久，繁盛的表象之下埋藏着分裂、动荡的隐患。

3. 盛世下的隐患

口蜜腹剑的宰相

有个成语叫"口蜜腹剑",形容一个人嘴巴像抹了蜂蜜一样,尽说好听的话,而肚子里却藏着一把剑,处处想着害人。这个成语出自北宋司马光的《资治通鉴》,指的则是唐玄宗时期的宰相李林甫。

李林甫做宰相十九年,是唐玄宗时期在位时间最长的宰相。玄宗后期怠于政事,李林甫大权独揽,闭塞言路,排斥贤才,使得朝纲紊乱。他又建议重用胡将,使安禄山势力坐大,成为令唐朝由盛转衰的关键人物之一。

唐玄宗曾下诏求才,只要精通一技之长,便可到长安作为候选官员。李林甫担心会有正直的士子在对策时指斥自己的奸恶行为,便建议让郡县长官先对士子加以甄选,将其中优秀者送到京师,在御史中丞的监督下,由尚书省复试,将名实相副者推荐给皇帝。最终,送到京师的士子被考以诗、赋、论,结果没有一人合格。李林甫便向玄宗道贺,称民间再没有遗留的人才。

谏官的职责是对君主的过失直言规劝并使其改正。

李林甫召集谏官，对他们说道："如今圣明天子在上，群臣顺从圣意都来不及，还需要什么谏论？你们难道没见过那些作仪仗的马队吗？它们整日默不作声就能得到上等的粮草饲养，但只要有一声嘶鸣，就会立即被剔除出去。就算后来想不乱叫，也不可能再被征用。"从此，朝中谏官无人再敢直言谏诤。

太常少卿姜度是李林甫的表弟，他生儿子时李林甫写了一封信表示祝贺，信中有"闻有弄獐之庆"的话。古时将生男称为"弄璋"，意思是男孩长大以后执璋（玉器）为王侯。李林甫却把"弄璋"错写为"弄獐"，满堂宾客无不掩口失笑。时人因此称李林甫为"弄獐宰相"，以讥讽他才疏学浅、不学无术。

在中国古代，为防止边将长久在一个地方任职而形成势力，往往在任期结束后调其回朝廷担任宰相，比如李靖、李勣、刘仁轨等。李林甫担任宰相后，为巩固权位，杜绝边将入相之路，对唐玄宗说胡人忠勇无异心，淳朴单纯，建议用胡人为镇守边界的节度使，又放任他们拥兵自重，为安史之乱埋下了祸根。

"三千宠爱在一身"

"名花倾国两相欢,长得君王带笑看。解释春风无限恨,沈香亭北倚阑干。"诗仙李白这首《清平乐》写出了杨贵妃"倾国倾城"的美,而白居易一首《长恨歌》,则将她与唐玄宗李隆基的爱情描写得如泣如诉。

实际上,杨玉环一开始并非李隆基的妃子,而是李隆基之子寿王李瑁的王妃。杨玉环十岁时父亲不幸离世,于是她来到了洛阳的叔叔家生活。她的父亲、叔叔都在官府做官,家境殷实,因此杨玉环自小就受到良好的教育。她性格温顺,唱歌、跳舞样样精通,还喜欢乐器,最擅长弹琵琶。就连诗仙李白见了,都夸她的容貌要胜过汉代的美人赵飞燕。

玄宗五十二岁时,他宠爱的武惠妃不幸去世了。武惠妃的离世对玄宗打击很大。后宫虽有佳丽三千,但他都看不上眼,日日茶不思饭不想,郁郁寡欢。见玄宗不开心,他身边的大太监高力士悄悄地对他说:"寿王妃杨玉环与武惠妃长得很像。"

对于和寿王妃的事,老皇帝心里难免犯嘀咕,她毕竟是自己的儿媳妇。尽管太宗皇帝的才人武媚娘后来也成了高宗的皇后，但直接将儿媳从儿子身边抢走，贵为皇帝的玄宗实在做不出来。

不过玄宗最后还是想出了办法，在他的安排下，寿王妃杨玉环以表孝心、为去世的武惠妃祈福为名频频进宫。后来，唐玄宗干脆在皇宫里修建了一座道观，让杨玉环出家做了女道士，道号太真，天天为武惠妃祈福。既然出家做了女道士，也就意味着杨玉环与寿王李瑁婚姻的结束。杨玉环以修道的名义在玄宗身边待了五年，对玄宗来说，这五年时间足以堵住天下悠悠之口。在为寿王李瑁另娶一位妻子后，他终于正式册封杨玉环为贵妃。此时玄宗皇帝六十一岁，杨贵妃二十七岁，从此杨贵妃便"三千宠爱在一身"。

杨玉环受到皇帝专宠，杨家的兄弟姐妹也跟着一并得势，鸡犬升天。大姐封为韩国夫人，三姐封为虢国夫人，八姐封为秦国夫人，堂兄杨国忠更是担任了宰相，以至白居易在诗中感叹："遂令天下父母心，不重生男重生女。"

皇帝眼中的两大红人

杨国忠是杨玉环的堂兄,本名杨钊。他年轻时放荡无行、嗜酒好赌,受到亲族的鄙视,三十岁时前往西川从军,后又担任扶风县尉。如果不是沾了堂妹杨玉环的光,他这一辈子也许只能做个小官僚。

杨玉环被册为贵妃后,杨钊一方面通过杨玉环讨好唐玄宗,另一方面千方百计巴结权相李林甫,步步高升。为了向唐玄宗表示忠心,他主动请求改名,玄宗便赐给了他"国忠"这个新名字。李林甫去世后,玄宗更是将国事全部交给了善于逢迎的杨国忠,让他担任宰相一职,自己躲在宫中与杨玉环整日沉迷享乐、挥霍无度。

当时,杨国忠、安禄山是玄宗皇帝眼中的两大红人:一个身居宰辅之位,聚敛钱财;一个是边镇大将,看家护院。杨国忠接替李林甫做了宰相后,政治上打击异己,任人唯亲,利用手中的权力大肆贪污。军事上两次发兵进攻南诏,造成唐军全军覆没,可他却恬不知耻地掩盖失败,甚至谎称取得了大胜。首都长安周边遭遇严重的水灾和饥荒时,他打压上报灾情的地方官员,不让玄宗知道真实情况。这些做法败坏了朝廷风气,弄得民不聊生，引发朝中许多正直的大臣和百姓的不满。

杨国忠本来是靠着当贵妃的妹妹才得以上位的，为争夺权力，与安禄山发生了激烈的冲突。他经常在玄宗面前说安禄山要谋反，却也改变不了玄宗对安禄山的信任。有一次，玄宗实在抵挡不住漫天传言，在杨国忠的坚持下进行了一个小小的测试：诏安禄山入朝，如果他立即回京便是忠心耿耿，稍有迟疑则是心怀二志。然而，这一点也被善于揣测皇帝心理的安禄山看了个通透。他在得到诏命后，毫不犹豫地拖着三百多斤重、有如肉团似的肥胖身体飞马赶到长安。此事更坚定了玄宗皇帝对安禄山的信任。自此，不论谁再说安禄山的不是，玄宗都不再理会。

皇帝如此昏聩无能，是非不分，臣民们不禁想：当初英明神武的皇帝去哪儿了？而安禄山这次进京见皇帝，也唯恐脱不了身。觐见结束后他吓出一身冷汗，不敢稍作停留，撒丫子就跑，一日疾行三百里，不顾一切地奔回范阳老巢。

此时的大唐，宰相杨国忠虽然改名国忠，却并不公忠体国，三镇节度使安禄山虽然认老皇帝为干爹，却处心积虑地想着造反。

"缓歌慢舞凝丝竹,尽日君王看不足。"755年,当唐玄宗与杨贵妃沉迷于轻歌曼舞之际,身兼范阳、河东、平卢三镇节度使的安禄山打着奉诏讨伐奸臣杨国忠的旗号,与部将史思明等在范阳举起了反旗,由此揭开了长达八年之久的"安史之乱",正是"渔阳鼙鼓动地来,惊破霓裳羽衣曲"。

4. 安史之乱

失控的藩镇

藩镇是唐朝中后期设立的军镇。藩有"保卫"的意思,镇是指军镇。唐朝设置军镇,本为保卫自身安全,而唐玄宗为防止边陲各异族的进犯而扩充防戍军镇,设立节度使,共设九个节度使和一个经略使,时称"天宝十节度"。

节度使,顾名思义为节制调度的军事长官。节度使在隋朝就有,唐朝初年沿袭隋制,在边关地区设置节度使,下辖调度军需的支度使、管理屯田的营田使等,主管军事和防御外敌。唐玄宗时期，节度使又兼任监督州县的采访使，集军政、民政、财政三政于一身。当时经常以一人兼任两至三镇节度使，最多者达四镇，权力之大古所未有，大权独揽，在管辖范围内俨然土皇帝。隋唐由关陇贵族建立，有鲜卑族血统。唐朝国力强盛，大唐皇帝同时又是周边少数民族的天可汗，民族融合程度很高，少数民族不少人在朝廷做官，加上少数民族将领骁勇善战，唐玄宗干脆任命他们做边境地区节度使。

唐朝名将哥舒翰是突骑施族人，曾任河西节度使；高句丽人高仙芝曾任安西四镇节度使；契丹人李光弼、铁勒族人仆固怀恩先后任朔方节度使；突厥族人史思明曾任河北节度使；粟特族人安禄山更是身兼平卢、范阳和河东三镇节度使，成为威震一方的土皇帝。

唐玄宗后期边镇十节度使拥兵四十九万，而中央禁军才十二万人左右，终于造成尾大不掉的形势。重兵在握的边镇节度使成为朝廷的巨大威胁和造成分裂的隐患。而安禄山正是凭借这一身份，用一场大乱终结了盛唐的繁华。

安禄山的胡旋舞

安禄山是个混血儿的胡人，他的父亲是粟特人，母亲是突厥人。安禄山起初并没有姓氏，他的父亲死后，母亲改嫁突厥将军安延偃，便随继父姓安。

安禄山年轻时游手好闲，有一次偷羊，被幽州节度使张守珪的手下抓住。张守珪见安禄山聪慧矫健，会多种少数民族的语言，是个可用之才，不但没有杀他，反而收他为养子。后来张守珪获罪贬官，安禄山却因骁勇善战、屡立战功而步步高升，被朝廷任命为平卢节度使。

安禄山能言善辩，善于揣摩人的心思，经常在玄宗面前展现出一个未经开化的野蛮人淳朴、憨厚的形象，并以此作为伪装，赤裸裸地向皇帝邀宠献媚。安禄山特别胖，据说有三百多斤，肚子上的肥肉能垂到膝盖，让人搀扶着才能走路。然而正是这个路都走不稳的安禄山，跳起胡旋舞来却灵活得像个陀螺。唐玄宗看了忍不住哈哈大笑，问他这么大的肚子，里面装的都是些什么。安禄山眼珠子转得飞快，托着大大的肚子说："这里面全是对皇帝陛下的赤胆忠心哪！"玄宗听后龙颜大悦。

野心勃勃的安禄山得到唐玄宗宠信

玄宗让安禄山拜见太子时，安禄山竟站着不动，只是充满疑惑地问："臣是胡人，不知太子是什么官？"唐玄宗不得不解释说："太子是储君，是将来大唐的天子。"安禄山才做出一副恍然大悟的样子，磕头如捣蒜般地说："我只知道陛下，不知道有太子，真是罪该万死。"这次装傻充愣，让玄宗皇帝觉得安禄山心思简单，也更加信任他了。安禄山得寸进尺，趁老皇帝高兴，提出要认杨贵妃为干妈。安禄山比杨贵妃大十六岁，谁都看得出来他这是在投机逢迎，而玄宗却应允了。

之后，在安禄山的甜言蜜语之下，唐玄宗对他愈加信任，让他兼任平卢、范阳和河东三镇节度使，镇抚东北地区。他手上的兵力已经达到了二十万，占全国边防军的百分之四十，是中央军的两倍多，已呈尾大不掉之势。鼎盛时期的大唐，还没有意识到灾难的种子已经埋下。

"渔阳鼙鼓动地来"

开元盛世几十年来，大唐的百姓没有经历过动荡的局面，内地的军队也不知打仗为何物，而安禄山的边军却久经沙场。叛军一路南下，几乎没有遇到什么抵抗，只用了一个月时间，就占据了河北和东都洛阳。攻占洛阳后，安禄山看到雄伟壮观的皇宫，抑制不住内心的冲动，想过把皇帝瘾，于是自称"雄武皇帝"，国号"大燕"。

为了将叛军拦在长安的门户潼关之外，大将高仙芝、封常清收拢兵力，据守潼关。但老迈昏聩的玄宗皇帝却听信小人的谗言，将忠心耿耿、英勇善战的高仙芝、封常清杀死，可谓自毁长城。那么，由谁来守潼关呢？老皇帝想起了镇守西北的哥舒翰。哥舒翰是突厥人，与安禄山一样深受玄宗信任，曾长期担任河西节度使，屡建功勋，西北边地人民当中还传唱着一首歌颂哥舒翰功绩的《哥舒歌》。但此时的哥舒翰由于长期饮酒，已经半身不遂，成了个废人。然而，哥舒翰的战力却没有荒废，他宝刀不老，受命后旗开得胜，成功击退了进攻潼关的安禄山次子安庆绪。叛军主力被阻于潼关数月，不能西进一步。

作为久经战阵的老将，哥舒翰原本打算在潼关耗死安禄山叛军。玄宗见到偏瘫在床的哥舒翰竟然打了胜仗，再发昏招，不断催促哥舒翰出关进击叛军，收复洛阳。有高仙芝、封常清的前车之鉴，哥舒翰在多次上书无果的情况下，不得不勉强出关作战。结果二十万唐军在灵宝的峡谷中几乎全军覆没，而哥舒翰本人则被部下挟持，不得已投降安禄山。潼关失陷后，长安也被叛军占领。就这样，安禄山仅用了半年时间，就攻占了唐帝国的东西两京。

玄宗一看局势不妙，在长安陷落前仓皇逃离。逃到马嵬驿时，禁军将士哗变，杀死专权误国的杨国忠，又迫使玄宗缢死杨贵妃。之后，玄宗一路向西南逃往四川，太子李亨则一路向西北逃到朔方，在灵武即位，也就是唐肃宗。灵宝之战后，朔方军成了唐军硕果仅存的主力部队，而朔方节度使正是大名鼎鼎的郭子仪。唐肃宗也正是靠着郭子仪和朔方军，一步步平定了"安史之乱"。

另一边，一生善于装傻充愣、揣摩人心的安禄山怎么也想不到，自己竟然死得比老对手杨国忠还惨。随着健康状况变差，安禄山也变得越来越暴躁和多疑。他的儿子安庆绪急于取而代之，便与军师严庄合谋弑父。在一个月黑风高的夜晚，安禄山那个自诩装满忠心的大肚子被贴身侍卫一刀砍穿，肥肠流了一床，痛苦而死，此时距离他当上"大燕皇帝"不过一年。

安禄山一死，叛军群龙无首，郭子仪率领唐军很快就收复了长安、洛阳。叛军二号人物史思明见势不妙，也投降了唐军。眼看叛军就要作鸟兽散，形势一片大好。但被藩镇挟兵自重吓破胆的肃宗皇帝，唯恐郭子仪、李光弼等像安禄山一样拥兵自重，学习父皇在各节度使之间玩平衡的权术，导致史思明复叛，洛阳再次沦陷，于是战乱又持续了五年，在郭子仪的努力征战和叛军内讧下才最终平息。

一场持续八年之久的"安史之乱"，将"开元盛世"的繁华梦彻底打碎，成为唐朝由盛转衰的转折点。此后唐朝虽然仍延续了近一百五十年，但朝廷只能维持表面上的统一，各地藩镇割据的局面一直持续到唐朝灭亡。

读史点评

作为历史上唯一正统的女皇帝，武则天在大唐的历史中强势插入了一段武周王朝的插曲。她改革科举制度，重用科举出身的庶族人士，广开言路，知人善任，使得君子满朝，社会经济得到进一步发展。后人评价她下启开元盛世，足以媲美贞观之治。

如果说唐朝是中国古代历史上最辉煌的乐章，那么"开元盛世"就是乐章里最强的音符。但盛世之中也孕育着危机，既有制度的崩坏，也有人心的堕落。特别是玄宗在北方大量设置藩镇，使得边将能够长期任职，甚至兼任多个节度使，为"安史之乱"埋下了祸根。

思考题

　　唐玄宗时期既开创了"开元盛世",又出现了"安史之乱",这和他选人用人方面有什么关系?谈谈你的看法。

第四章

大唐衰变与五代更迭

1. 中晚唐政局风云

宦官架空皇帝

唐朝开国之初，唐高祖、唐太宗依仗的是一班文臣武将，对于宦官并不重视，只派他们去看守宫门、传达命令、处理宫中的各种琐事。武则天虽然是女皇帝，也不重用宦官。后来唐玄宗与韦后、太平公主明争暗斗，宦官高力士立了不少功劳，很受玄宗器重。官员们向皇帝上书，高力士都要先看过，大事向玄宗禀报，小事就自己做主。于是高力士成了玄宗的代言人，李林甫、杨国忠、安禄山等人都是走他的门路，才得到了玄宗的信任和重用。

此后宦官的权力越来越大，肃宗、代宗时宦官鱼朝恩、程元振掌管军事，说郭子仪、李光弼的坏话，甚至削去了郭子仪的兵权，导致"安史之乱"未及时平息，吐蕃的军队甚至一度攻破了长安。另一个宦官李辅国更是权势熏天，百官奏报事情都由他直接拍板，事后给皇帝打个招呼就行了。他还大大咧咧地对唐代宗说："皇上您只管在宫中安坐，外面的事让老奴处置就行了。"好在代宗还比较有作为，他架空了李辅国，又派人将他暗杀。程元振和鱼朝恩一个被革职流放，另一个被缢死。

可是宦官专权的局面并没有结束。后来唐宪宗颇有作为，却宠信宦官，最终被宦官不明不白地害死，而穆宗、宣宗都是宦官所立。当时人们将以宰相为首的百官衙署称为"南衙"，将宦官所在的内侍省称为"北司"。南衙和北司长期对立，都想压倒对方。唐文宗即位后，打算利用南衙的力量打倒北司。将军韩约假称左金吾卫官署的石榴树上有吉祥的"甘露"，请文宗去看。文宗到了之后，又让宦官首领仇士良去查看。仇士良发现韩约神色异常，周围还有伏兵，连忙逃走，并挟持了文宗。宰相李训急调韩约的军士上殿护驾，仇士良调集禁军，将李训等大臣全都抓起来杀掉。这件事在历史上称作"甘露之变"。从此，北司的势力压倒了南衙，宰相们再也难以认真履职了。

大宦官仇士良为了独揽大权，直言不讳地说："要让皇帝整天去游玩打猎，顾不上国家大事。可不能让皇帝读书学习，找文臣商谈，免得我们的权力被削弱。"当时朝中有以牛僧孺、李德裕为领袖的两派官员，分别与掌权的宦官勾结，排挤对方，进行了长达四十年的"牛李党争"。经过甘露之变后，朝廷大权都归了宦官，牛党、李党全都靠边站了。甚至连皇帝的废立也全由宦官做主，唐朝在这样畸形的政治格局下加速走向衰落。

元和中兴

安史之乱后，藩镇与朝廷之间形成了一个潜规则：藩镇节度使去世后，由其子继任或由将领拥立，向中央政府报备后，再由中央政府任命。在藩镇眼里，中央政府完全形同虚设。

事实上，在盛世的余晖之下，站在"安史之乱"废墟上的唐帝国的皇帝们，不停地与跋扈的藩镇、专权的宦官进行斗争，几度出现了中兴之主，成功地将国祚又延续了一百四十四年。这里就不得不提到宪宗李纯。

宪宗皇帝即位后，立志做太宗、玄宗那样的明君。他在对待藩镇拥兵自重的问题上，一改前任皇帝的妥协政策，对藩镇实行强硬态度。蔡州是淮西节度使的大本营。淮西节度使吴少阳死后，他的儿子吴元济隐匿消息，自行接管了淮西的军务，并请求中央政府任命自己继任节度使。这当然遭到了立志削藩的宪宗皇帝的拒绝，于是吴元济暗中勾结淄青节度使李师道、成德节度使王承宗谋反。宪宗任命力主削藩的宰相武元衡率军镇压，而胆大包天的李师道竟然派刺客到长安刺死武元衡，砍伤副宰相裴度。由此可见藩镇节度使的跋扈程度。

李师道的冒险行为，更加坚定了宪宗皇帝削平藩镇的决心。于是他任命李愬为唐军统帅，领兵讨伐吴元济。李愬在一个风雪交加的夜晚秘密行军六十里，突然进抵蔡州城下，而蔡州守军则浑然不觉。那天夜里风大、雪大，军旗都吹裂了，好多士兵因为太冷冻死在行军路上。李愬派敢死队登上外城城头，杀死熟睡中的守门士卒，打开城门，唐军就这样悄无声息地进入吴元济的老巢蔡州城。天快亮的时候，李愬已经率军抵近吴元济的帅府。这时，有人觉得不对劲，急忙向熟睡中的吴元济报告。吴元济以为是囚犯作乱，还笑着说天亮后就把这些家伙全部杀掉。不一会儿，又有人报告说蔡州已经被唐军占领了，吴元济仍漫不经心地以为是守城的军士向他索要棉衣。就这样，李愬率领唐军趁大雪之夜奇袭蔡州，俘虏吴元济，一举平定了淮西。这就是名篇《李愬雪夜入蔡州》(出自《旧唐书·李愬传》)里说的故事。

李愬平定淮西之后，唐帝国的削藩形势发生了根本变化。朝廷总体实力上处于优势，各藩镇恐惧不安，成德、横海、幽州等镇相继归附，"安史之乱"以来藩镇跋扈割据的局面暂告结束，唐帝国又恢复了统一。

宪宗是一位注重实干的皇帝，不但削平藩镇，还重用贤臣，善于纳谏，注意减轻老百姓的负担，社会生产得到了发展。他在位的时期史称"元和中兴"。刘禹锡曾在《平蔡州》一诗中说："忽惊元和十二载，重见天宝承平时。"

2. 唐朝的灭亡

藩镇复叛

唐宪宗费了九牛二虎之力才削平藩镇，使大唐重归统一。削平藩镇，指的是朝廷收回藩镇节度使的任命权，使各藩镇服从朝廷号令。但这并没有从根本上取消藩镇制度，而且各藩镇仍有一群骄兵悍将。也就是说，藩镇与中央政府之间只是维持着一种微妙的平衡。

821年，宪宗死后，他的儿子李恒即位，是为唐穆宗。穆宗认为藩镇已平，天下无事，为节约财政开支，施行大规模"销兵"，也就是裁撤军队。政策一出，立马引发卢龙、成德、魏博等河北藩镇的反抗。卢龙军首先发生兵变，皇帝任命的节度使张弘靖被手下军士囚禁，其幕僚全部被杀，兵变将士拥立朱克融掌管卢龙军务。朝廷得知后，调昭义节度使刘悟为卢龙节度使，但刘悟畏惧朱克融兵强马壮，不愿赴任，朝廷只得任命朱克融为卢龙节度使。

卢龙军兵变后不久，成德军都知兵马使王廷凑袭杀朝廷委任的节度使田弘正。穆宗任命田弘正的儿子田布为魏博节度使，命其率军镇压王廷凑的反叛，同时命令横海军、昭义军、河东军、义武军协同作战。当时正好遇到大雪，粮草供应不上，各军都观望不前，田布也被手下将领史宪诚杀死。朝廷讨伐不成，只好分别任命王廷凑、史宪诚为成德、魏博节度使。从此，河北三镇又呈割据自立的态势，节度使一职也长期被武将把持，直到唐朝灭亡。

此后，各藩镇对中央政府时叛时服，相互之间为了争夺地盘而大打出手，人民生活困苦不堪，之后爆发了王仙芝、黄巢领导的农民大起义。朝廷命各藩镇出兵镇压，藩镇节度使们却趁机扩充实力，如杨行密、王重荣、李克用、高骈、董昌、钱镠（liú）等，他们割据一方，自行任命官员，不再听从中央号令。到王仙芝、黄巢起义失败后，各藩镇立即转入互相兼并的战争中，大唐王朝名存实亡。

"我花开后百花杀"

"飒飒西风满院栽，蕊寒香冷蝶难来。他年我若为青帝，报与桃花一处开。"这首《题菊花》据说是黄巢在五岁时写的。一个五岁的孩童能写出这么豪迈的诗句，可谓天才。然而，如此聪慧之人，屡次参加科举考试竟都名落孙山。黄巢失望、愤怒之余，又写了一首菊花诗：

待到秋来九月八，我花开后百花杀。
冲天香阵透长安，满城尽带黄金甲。

这首《不第后赋菊》与他五岁时所作的《题菊花》一样豪迈，但更多了几许的杀气。

黄巢是曹州冤句县（今山东菏泽）人，家里世代是盐商。他不但能写诗，还精通骑射，文武双全。黄巢成年后子承父业，做了山东一带的盐商首领。唐朝末年，全国各地连年发生水旱灾，颗粒无收，饿殍满地。朝廷不但不开仓放粮、救济百姓，反而不停地催缴赋税。874年，老百姓忍无可忍，在盐商贩子王仙芝的带领下举起了义旗。生性喜欢耍枪弄棒的黄巢听闻后，立马聚众响应。起义军在王仙芝、黄巢带领下，先后攻占山东、河南许多州县，一时间声势浩大。

王仙芝是个胸无大志的人，在朝廷开出"左神策军押牙兼监察御史"的价码后，竟然想向官军投诚，遭到手下将士的激烈反对，黄巢也很不满，因此与他分兵。不久，王仙芝战死，黄巢成为起义军的领袖，并自称"冲天大将军"——"冲天"一词正是取自"冲天香阵透长安"。

起义军势力越来越大，各地节度使却只求自保，坐视观望。黄巢先后转战岭南、浙江、湖北一带，并北上攻占洛阳，进逼首都长安。唐僖宗吓得连忙逃往四川，长安一时大乱。

880年十二月,黄巢乘坐金黄色的轿子,率军浩浩荡荡地开进长安,他告诉沿途的长安市民:我起兵本就是为了老百姓,不像李唐王室,不爱惜你们,请你们不要害怕。黄巢进入长安后,自称皇帝,建立大齐政权。出于对朝廷的憎恨,黄巢下令,唐朝三品以上的官员全部罢黜,四品以下的则官复原职,并对李唐宗室、公卿士族大开杀戒。唐末著名诗人韦庄名篇《秦妇吟》中有"天街踏尽公卿骨",写的就是这件事。

逃往四川的唐僖宗纠集各地残余势力,向起义军反扑,黄巢率军顽强抵抗。关键时刻,大将朱温叛变降唐,起义军损失惨重,不得不撤出长安,黄巢在泰山脚下的狼虎谷(在今山东莱芜西南)兵败被杀。黄巢领导的农民起义军转战十余省,横扫唐朝的大半江山,成为唐末历时最久、波及最广的一场农民起义,为摇摇欲坠的唐朝敲响了丧钟。

3. 五代十国乱局

朱温李克用争霸

朱温本是黄巢部将,后来降唐,与沙陀人李克用一起镇压黄巢起义军。因镇压黄巢起义有功,他被唐僖宗任命为宣武军节度使、汴州刺史、梁王,赐名"全忠"。然而这个"全忠"既不忠于黄巢,也不忠于大唐天子。他的行为可以用三个字形容,那就是"全不忠"。

朱温以河南为中心,四处攻城略地:向东进攻郓(yùn)州的天平军节度使朱瑄、兖州的泰宁节度使朱瑾,向西攻打凤翔节度使李茂贞,向南平定蔡州奉国军节度使秦宗权,向北攻伐河东节度使李克用,势力日渐扩大,逐渐成了唐末最大的割据军阀。击败凤翔节度使李茂贞后,朱温将唐昭宗挟持到了洛阳,不久就将他杀死,并立昭宗第九子李柷(chù)为帝,史称"唐哀帝",这也是唐朝最后一个皇帝。从此,朱温完全控制了朝政,篡唐自立之心昭然若揭。

当然,对于一个急于篡位称帝的人来说,这还不够。大权在握的朱温先是借宴请之名,将唐昭宗十七个儿子中的九个勒死。然后又大肆贬逐朝官，将宰相裴枢等三十余位朝臣杀死于白马驿（今河南滑县），并将尸体投进黄河。在扫清这些障碍之后，907年，朱温逼迫哀帝禅位，自己代唐称帝，建国号"梁"（史称"后梁"），改年号"开平"。此时，这个黄巢起义军的叛徒当然不好意思再叫"朱全忠"这个名字了，故而昭告天下，改名朱晃。由此，唐朝灭亡，开启了中国历史上的一段大分裂时期，也即"五代十国"的乱局。短短数十年间，中原地区先后建立了五个王朝（即后梁、后唐、后晋、后汉和后周），而中原以外地区也出现了先后并立的十个小国（即吴、楚、前蜀、吴越、闽、南汉、南平、后蜀、南唐、北汉）。这些政权基本上都源自唐末以来割据一方的藩镇，天下形成了一片你争我夺的乱局。

朱温称帝后，太原李克用、凤翔李茂贞、四川王建等仍割据一方，奉唐朝正朔，拒不承认朱梁王朝。其中实力最强的是河东节度使李克用。李克用曾与朱温一起剿灭黄巢，并被唐王朝封为河东节度使、晋王，成为仅次于朱温的第二大军阀。据说剿灭黄巢后，李克用路过汴州，朱温曾犒劳他的部队。打了胜仗的李克用非常高兴，多喝了几杯，与朱温起了争执，惹怒了他。酒宴结束后,李克用回到驿站就睡了。半夜时分,朱温派人包围驿站,放了一把大火。也许是李克用命不该绝,危急关头,突然天降大雨,李克用趁机杀出一条血路才得以逃脱。从此,朱、李二人成了死敌,并拉开了数十年互相攻伐的梁晋争霸大幕。

朱温称帝后,幽州刘守光上表顺服,契丹酋长耶律阿保机遣使称臣,蜀王王建、吴王杨渥虽未臣服但实力相对弱小。朱温环顾四周,称得上敌人的只有盘踞河东的老对头李克用。此时李克用为解燕王刘仁恭之围攻占了潞州,于是朱温二话不说,派十万大军北伐李克用,在潞州爆发大战。就在双方激战的关键时刻,晋王李克用却病倒了。临死前,李克用交给儿子李存勖(xù)三支箭,告诉他:梁国是我们的仇人,燕王是我立的,契丹与我相约为兄弟,但却都背叛了我们。没灭掉这三股势力,是我这辈子的遗憾——给你三支箭,是让你时刻不要忘记我的遗志。这就是著名的"三矢之誓"。

李存勖时刻铭记父亲的遗志,通过幽州之战,擒杀刘守光,兼并了河北;击败来犯的契丹,缴获牛羊、辎重无数,稳定了北部边境局势;攻破汴州(今河南开封),灭了朱梁。在完成这三大任务之后,923年,李存勖称帝，定国号"唐"，史称"后唐"，他就是后唐的开国皇帝庄宗。后唐是五代十国时期疆域最广的一个政权，鼎盛时占据了当时天下的四分之三。

"儿皇帝"石敬瑭

一个人向比自己小十岁的人叫爸爸，这既奇怪又可笑。但这么做的人在中国历史上的确存在，他就是著名的后晋"儿皇帝"石敬瑭。

石敬瑭本是后唐明宗李嗣源（称帝后改名李亶）的女婿，同时也是后唐大将。李嗣源死后，他的养子李从珂与儿子李从厚争夺帝位，李从厚被杀死。后唐政局动荡不安，石敬瑭也受到李从珂的猜忌，于是便有了谋反的想法。

唐末五代是一个混乱的时代。朱温原是黄巢部将，先是叛降唐朝，被赐名朱全忠，后又叛变唐朝，建立了后梁。李嗣源是李克用的养子，本来不想背叛自己的兄弟、后唐庄宗李存勖，却被他的女婿石敬瑭说动，消灭李存勖后自立为后唐皇帝。身处这样的时代，在感受到生命危险后产生叛变想法也就不足为奇了。李从珂察觉到石敬瑭背叛的企图后，便派大军前去围攻。石敬瑭的兵力根本无法与后唐大军对抗，情势一度十分危急，可已经提前想好对策的石敬瑭并不惊慌。

他不仅打算抵御后唐的进攻，还要借助契丹的帮助灭唐自立。当时石敬瑭允诺，只要契丹帮他灭掉后唐并立他为帝，他便向契丹称臣，向耶律德光行父子之礼，同时割让燕云十六州，每年进贡大批财物。正愁没机会南下的耶律德光喜出望外，立即领兵从雁门关南下来救石敬瑭。合力灭掉后唐后，辽太宗耶律德光册封石敬瑭为后晋皇帝。石敬瑭也信守承诺，尊比自己小十多岁的耶律德光为父皇，将燕云十六州悉数割让给契丹。

石敬瑭对契丹百依百顺，非常谨慎，每次与耶律德光书信来往，都称耶律德光为"父皇帝"，自称"儿皇帝"。石敬瑭的这种卑躬屈膝的做法，不但引发了国人的不满，就连朝中大臣也都感到耻辱，纷纷主张要与契丹平等交往。石敬瑭也曾经动摇过，但又觉得当"儿皇帝"好处较多，所以到死自己也没有扔下"儿皇帝"这顶帽子。

石敬瑭割让燕云十六州给契丹，使中原王朝从此失去了北方的屏障，将中原腹地暴露在北方少数民族的铁蹄之下，而石敬瑭这个"儿皇帝"也永远地被钉在了历史的耻辱柱上。

周世宗壮志未酬

951年，郭威代汉，建立后周。柴荣本是后周郭威之妻的侄子，后汉隐帝刘承祐将郭威的儿子全部杀死后，柴荣便被郭威收为养子，并在郭威死后继承了帝位，即"周世宗"。

柴荣是五代十国时期最有作为的君主。即位之后，他曾立下"十年开拓天下，十年养百姓，十年致太平"的壮志。为了实现志向，他对内锐意改革，励精图治，不断增强实力。周世宗柴荣的各项改革中，最重要的是均定田赋，也就是按照田亩的数量收取赋税。这本该是理所当然的事，但中唐以来，中央政府政令不畅，土地兼并严重。大地主们占有大量田地，勾结地方官员不缴纳租税，官府则把这部分租税转嫁到农民身上，农民苦不堪言。柴荣命人实地查勘土地，查出富户隐匿的大量土地，要求一律按照规定缴纳租税。与此同时，柴荣妥善安置从南唐、后蜀、北汉等地流入的饥民，分给他们土

未能实现统一天下壮志的周世宗

地，使后周的劳动力得到进一步增加。

五代十国时期，寺庙占有大量土地，又不缴纳赋税，很多地主与寺庙勾结，偷税漏税，大大影响了国家的财政税收和兵役徭役的征发。为了增加劳动力和兵源，周世宗下诏限制寺院的发展，除了皇帝特批的寺庙之外，其余一律拆毁，且不再批准新建寺庙，同时严格规定了出家为僧尼的条件。当时废除的寺院多达三万三百三十六所，还俗僧尼人数也有六万一千二百人。

周世宗在位期间，向西征伐后蜀，收取秦、凤、成、阶四州，向南三次亲征南唐，取得长江以北大片土地。西征后蜀、南征南唐的胜利，不但增加了后周国土面积，更坚定了周世宗北伐契丹，夺取幽云十六州的信心。

经过一番准备后，959年，周世宗宣布北伐。后周军队一路势如破竹，屡战屡胜，接连收复宁州、莫州、瀛州等三州十七县，士气旺盛。然而，就在后周军队即将发动对幽州的强攻时，柴荣却突然病倒了，只得班师回汴州，不久就病死了，年仅三十九岁。柴荣即位之初，计划用三十年时间完成统一全国的宏愿，然而天妒英才，老天只给了他五年半时间。这对于一个想要有大作为的年轻皇帝而言，实在太吝啬了。

短暂的五代十国时期终究只是一个过渡,它是安史之乱以来藩镇割据局面延续的产物,天下终将重归一统。有志于此的柴荣没能实现自己的抱负,统一的任务有待于他的接班人赵匡胤来完成,并开启一个新的王朝。

"三千里地山河"的南唐

四十年来家国,三千里地山河。凤阁龙楼连霄汉,玉树琼枝作烟萝,几曾识干戈?

一旦归为臣虏,沈腰潘鬓消磨。最是仓皇辞庙日,教坊犹奏别离歌,垂泪对宫娥。

这首《破阵子》的作者是大名鼎鼎的南唐后主李煜,其中"四十年来家国"道出了南唐的建国时长,"三千里地山河"则指明了南唐的疆域。

南唐的建立者李昪(biàn)父母早亡,由南吴丞相徐温收养,取名徐知诰,后取代南吴建立齐国。李昪自称是唐宪宗之子建王李恪的四世孙,因此改齐为唐,史称"南唐"。南唐和后唐一样,都是姓李的开国之君借助

"唐"的名号，为自己的政权赋予合法性，但实际上二者与唐朝之间都没有太多关系。

李昇在位期间，对外采取"和平主义"，无意开疆拓土，坚持弭兵休战，以保境安民，对内则勤于政事，变更旧法，兴利除弊。他在治国理政上礼贤下士，并能虚心纳谏。五代十国时期，由于北方地区连年战乱，从中原一带流落江淮的难民很多，李昇对此积极妥善安置，实行轻徭薄赋政策，使南唐社会经济得到很大发展。南唐最盛时幅员三十五个州，地跨今江西、安徽、江苏、福建、湖北和湖南等省的一部分，人口五百多万，是"十国"中地域最广、实力最强的。

李昇的儿子李璟继位时，适逢后周崛起，特别是周世宗柴荣时期，北方强邻已经给南唐带来了巨大的压力。柴荣灭掉后蜀后将目光转向了南方，三次征伐南唐，夺走了南唐长江以北的全部土地。南唐自此一蹶不振，李璟被迫俯首称臣，奉后周为正统，放弃皇帝的尊号，改称"国主"。为避后周的锋芒，还一度将国都由金陵迁往洪州（今江西南昌）。

960年，赵匡胤通过陈桥兵变而黄袍加身，取代后周，建立宋朝，意欲南征，李璟在惊惧之中于961年去世，史称"南唐中主"。李煜即位后,为了向赵匡胤表示臣服之意,每年向北宋输送大批钱财布帛,并主动取消唐的国号,自称"江南国主"。

南唐两代君主的一再退让和委曲求全并没有换来和平。974年,赵匡胤以"卧榻之侧,岂容他人鼾睡"为借口,派潘美、曹彬率军南下,并于次年攻占南唐国都金陵,俘虏了后主李煜,南唐至此灭亡。李煜虽然是个文采出众的词人,却不是个称职的帝王。

读史点评

"安史之乱"虽然最终被平定了，但也造成了藩镇节度使不听朝廷号令、割据称雄的局面，唐帝国的盛世局面戛然而止。因此，"安史之乱"是唐帝国由盛转衰的分界线。此后唐朝虽然又维持了约一百五十年，但历任皇帝一直在与藩镇悍将们斗争，想将权力收归中央。在唐宪宗时，一度出现了短暂削平藩镇的"元和中兴"。宪宗去世后，河北三镇重新叛乱，各藩镇节度使为扩张势力而互相攻伐，唐朝最终灭亡于势力最大的节度使朱温之手，中国也进入五代十国这样一个大分裂、大动荡的混乱时期。五代十国时期的六七十年间，中原五个王朝前后相继，周边十国之间你来我往，无不经历一番激烈的战争，使百姓遭受了深重的苦难。

思考题

有人说，五代十国是"安史之乱"以后藩镇称雄局面的延续。你是否赞同这样的说法？说说你的理由。

第五章

气象万千的大唐文化

1. 诗歌的黄金时代

"一日看尽长安花"

> 昔日龌龊不足夸，今朝放荡思无涯。
> 春风得意马蹄疾，一日看尽长安花。

这是孟郊两次落第，四十六岁高中进士后，按捺不住满心的得意与欣喜写下的《登科后》。这里的"科"，指的就是科举。

唐代通过科举选拔官员，许多寒门子弟通过寒窗苦读，考中进士后得以改变命运，跻身上流社会，以至有了"朝为田舍郎，暮登天子堂"的说法。高宗时将诗赋纳入科举考试，更是直接带动天下士子读诗、写诗，推动了诗国高潮的到来。以诗赋取士的制度一直延续到北宋，直到被王安石取消。

高中进士后，像孟郊那样喜极而狂的大有人在。徐夤（yín）《放榜日》诗中的"十二街前楼阁上，卷帘谁不看神仙"，就与孟郊的诗有异曲同工之妙。姚合考中进士之后，开心到不敢相信这是真的，掐人中确认不是做梦后，写了一首《及第后夜中书事》来记述自己的心情，诗中写道："喜过还疑梦，狂来不似儒。"这种疑惧与惊喜交加的心理，曹邺在登第后也有过，在他的登第诗中就有"对酒时忽惊，犹疑梦中事"的诗句。

也有大喜之下，不停回味的：

春来无处不闲行，楚润相看别有情。
好是五更残酒醒，时时闻唤状头声。

这是郑合敬高中状元之后写的《及第后宿平康里诗》。高中状元之后，看什么都觉得好，甚至在五更酒醒之后，好像还能听到耳边不时有人喊自己状元郎。

登第的人心花怒放，落榜的人则是相当郁闷。赵嘏（gǔ）科考落第之后，便是"落第逢人恸哭初，平生志业欲何如"，豪放如卢纶在落第后也是"落羽羞言命，逢人强破颜"。

也有因为落第诗写得好后来高中进士的。大才子温庭筠的儿子温宪看到自己榜上无名，难过地回到暂住的崇庆寺，在墙壁上挥笔写下"鬓毛如雪心如死，犹作长安下第人"的诗句，将自己头发都白了却屡试不第，心如死灰的落魄心情写得令人不忍卒读。凑巧的是，宰相郑延昌恰好到崇庆寺进香，看到这首伤感的题壁诗后，顿时起了爱才悯才之心，并向主考官赵崇推荐温宪。于是，温宪于889年顺利通过进士考试。

以诗赋取士，也就意味着进士都能写诗。宋代王安石编《唐百家诗选》时，其中进士及第的有六十二人。后世广为传诵的《唐诗三百首》，共选录七十七位诗人，进士出身的有四十六位，可见唐代科举与诗赋的紧密关系。

诗的国度

"得诗四万八千九百余首，凡二千二百余人"，这是康熙皇帝在为《全唐诗》作的序中的原话。无论从诗人数量还是作品的数量来看，毫无疑问，唐朝都称得上是中国诗歌，特别是五言、七言诗的黄金时代。

如果以时间段来划分，唐诗可分为初唐、盛唐、中唐、晚唐四个时期。高祖开国至玄宗开元初年为初唐（618—712），这一时期的代表诗人为王勃、杨炯、卢照邻、骆宾王，号称"初唐四杰"。写出吊古伤今的《登幽州台歌》的陈子昂也算一个代表。玄宗开元至天宝年间为盛唐（713—755），这一时期虽然时间较短，但群星闪耀，大诗人辈出，伟大的浪漫主义诗人李白和伟大的现实主义诗人杜甫都在这一时期登上诗坛。肃宗至德初年到穆宗长庆末年为中唐（756—824），白居易、元稹是其代表人物。敬宗宝历元年以后为晚唐（825—907），代表诗人有李商隐、杜牧等。

唐代诗歌千姿百态，各家各派大放异彩。孟浩然、王维的山水田园诗恬静幽美；高适、岑参、王昌龄、王之涣的边塞诗气势雄浑。诗人们还把各自的独特气质融进诗歌：李白的诗奔放飘逸，杜甫的诗沉郁顿挫，白居易的诗通俗平易，李商隐的诗精工含蓄。

因为诗家辈出，唐代诗人有许多合称或雅号。如诗仙李白、诗圣杜甫，二人合称"李杜"。还有诗骨陈子昂、诗杰王勃、诗佛王维、诗豪刘禹锡、诗魔白居易、诗狂贺知章、诗囚孟郊、诗奴贾岛、诗鬼李贺、诗雄岑参……王昌龄因七绝写得好，被称为"七绝圣手""诗家天子"

等。其中元稹与白居易合称"元白",韩愈与柳宗元合称"韩柳",李商隐与杜牧合称"小李杜"。

中国传统文化中,诗、乐、舞一体,因此唐诗是可以用来演唱的。李白就曾在月亮下面边唱边跳写出了《月下独酌》,而高适、王昌龄、王之涣三人的"旗亭酬唱"更是传颂千古。据说某次他们一起去喝酒时,恰好碰上梨园艺人唱诗。三人都是闻名天下的诗人,一时兴起想比个高低,立下规则说谁的诗被唱得最多,谁的诗就作得最好。结果歌女一开口便唱出了"寒雨连江夜入吴,平明送客楚山孤",王昌龄听完,哈哈一笑。歌女接着又唱"开箧泪沾臆,见君前日书",高适听后也很得意。王之涣一听急了,指着最漂亮的歌女说,她一定会唱我的诗。果然,歌女开口唱的便是"黄河远上白云间,一片孤城万仞山。羌笛何须怨杨柳,春风不度玉门关"。

诗人不以作品的数量论高低,王之涣传世作品不过六首,然而首首都是珍品,这首《凉州词》更被清代诗论家王士禛评为唐人绝句四首压卷之作中的一首。张若虚流传下来的诗只有两首,其中《春江花月夜》被誉为"孤篇压全唐",甚至被闻一多先生评为"诗中的诗,顶峰上的顶峰"。

2. 佛教的盛世

玄奘赴天竺取经

《西游记》里的唐僧是人们家喻户晓的人物，其原型正是唐代最有名的和尚玄奘法师。玄奘出家前叫陈祎，是洛州缑（gōu）氏（今属河南洛阳）人，十三岁出家做了和尚。他好学上进，对佛学钻研得很深。玄奘学得越多，心中困惑就越多，而中国的佛学理论解答不了这些疑问，于是他决心到佛教的发源地天竺去寻求答案。

古代出国需要通关文牒，向唐朝政府多次申请出国遭拒后，急于求学的玄奘便混在商队之中，毅然偷渡出国，踏上了西行的征途。627年八月，二十五岁的玄奘从长安出发，经过凉州（今甘肃武威）、瓜州（今甘肃酒泉）出玉门关，进入大沙漠。

在沙漠里行走，最重要的是要有饮用水。有一次，玄奘在喝水时不小心失手将皮囊掉到了地上，水洒了个精光，他只好折回去取水。走了十几里后他忽然想到，自己曾经立下"不到目的地，绝不东归一步"的誓言。他下定决心宁可西行而死，绝不东归而生，便掉转马头，继续西行。沙漠里上不见飞鸟，下不见走兽，倒是经常能看到倒毙的人或马的尸骨。有时气流变化，产生海市蜃楼的幻象，当时的人还以为那是鬼神作怪。玄奘就这样在没有一滴水的情况下，骑着马在沙漠深处走，终于在第五天傍晚，因连日滴水未进，昏倒在了沙漠里。幸好此处离绿洲不远，半夜里习习的凉风吹醒了他，识途的老马带着他奔向水源，他这才脱离险境，来到了高昌国。

高昌国是汉人建立的国家，国王麴（qú）文泰是虔诚的佛教徒，对玄奘非常尊敬，为他准备挑夫、马匹、御寒的棉衣等。随后，玄奘一行人翻越终年积雪的凌山，经过烟波浩渺的热海，穿过阿富汗，历尽千辛万苦，终于在628年夏末进入南亚次大陆的天竺。在天竺，玄奘遍访佛教史上的古迹，向当地大德高僧请教，并在最负盛名的佛教最高学府那烂陀寺学习。该寺住持戒贤是天竺最有名的佛学家，因年纪大了，很久不再讲学，见玄奘虔诚，破例为他连续开讲十五个月，成为印度佛教史上的一件盛事。玄奘在那烂陀寺苦学五年，成了第一流的佛教学者。

643年，在解决了心中的疑问后，玄奘带着六百五十七部经卷，踏上了回国之路，于645年正月到达长安。唐

玄奘西行求取真经

太宗对玄奘的回国非常高兴,在洛阳接见了他,并命玄奘写下西行取经见闻。这么一来,就有了举世闻名的《大唐西域记》。这本书记录了玄奘亲身经历的西域、天竺一百多个国家和城邦的风土人情,保留了当时中亚、南亚地区大量的珍贵资料,是如今国际上研究古代亚洲历史最重要的经典著作之一。吴承恩《西游记》的许多灵感也源于此书。

完成《大唐西域记》后,玄奘就开始了他伟大的译经事业。十九年时间里,玄奘共翻译佛经七十五部,一千三百三十五卷,一千三百多万字,大致相当于当时所有汉译佛经的四分之一,其数量之多,在佛教史上是空前绝后的。

酷似武则天的佛像

很多人去洛阳龙门石窟都是为了看卢舍那大佛。据说,这尊佛像极了武则天。

武则天的父亲去世后,她便随母亲一起生活,而她的母亲是一位十分虔诚的佛教徒,这直接影响到了武则天崇信佛教。太宗去世后,武则天也有在感业寺出家为尼的经历。成为高宗李治的皇后之后，她请求玄奘为自己授菩萨戒，其子李显出生后也做了玄奘的徒弟，法名佛光王。据说李治曾夸赞武则天"相貌端正，雍容华贵，有菩萨之仪态"。

672年，武则天捐资两万贯胭脂钱，建造卢舍那大佛，这成了她极度信仰佛教的标志。卢舍那大佛通高超过十七米，头高四米，耳朵也有近两米长。大佛依山势开凿，有一种浑然天成的浩然之气，是龙门石窟中艺术水平最高、规模最大的一尊佛像，称得上是"国宝中的国宝"。大佛面部丰满圆润，雍容华贵，眉如弯月，目光慈祥，面露微笑，神态祥和恬静，具有明显的女性特点。这尊大佛的面容正是以武则天当时的仪容为参照模板的。甚至有人说，卢舍那大佛就是武则天本人的模拟像。卢舍那在梵语里的意思是"光明遍照"，而武则天后来改名武曌，意思是日月当空，与卢舍那佛的含义也是相通的。

据统计，在武则天掌权的近半个世纪时间里，龙门石窟多了三百八十座佛像；而从唐朝建立到武则天封后前的近四十年时间，龙门石窟只开凿了近七十座佛像；之后的两百多年，龙门石窟的佛像也仅仅增加了七十六座。由此可见武则天对佛教的虔诚。

作为中国历史上唯一正统的女皇帝，武则天没有留下画像。若想了解她的样貌，不妨去龙门看看。

3. 大唐文化东传

思乡的日本遣唐使

大唐文化不仅沿着丝绸之路向西传播，也影响到了东方的近邻日本。日本为向大唐学习，在7世纪初至9世纪末约两个半世纪里，先后十几次向唐朝派出遣唐使团，每次四百到六百人。其次数之多、规模之大、延续时间之久，可谓中日文化交流史上的空前盛举。

753年，一位日本人向玄宗皇帝上书说想家了，请求皇帝准许他随遣唐使团返回日本。玄宗皇帝掐指一算，自从十九岁随使团来大唐学习，此人已经在大唐生活了三十七年，是该回去看看了。皇帝虽然满心不舍，也只得恩准，但同时也给了他一个任务，委派他作为唐朝大使回访日本。

与皇帝陛下一样满怀不舍之情的还有李白、王维、储光羲等名满天下的大诗人。王维甚至还难过地在赠别诗中问："别离方异域，音信若为通？"李白听说这个人乘坐的船在海上倾覆，以为他淹死了，哭着写下了"明月不归沉碧海，白云愁色满苍梧"的哀伤诗句。

能让诗仙、诗佛同时依依不舍的这个人是谁呢？他就是大名鼎鼎的日本留学生阿倍仲麻吕，汉名晁衡。717年，晁衡随第八次遣唐使来中国时，适逢开元盛世初期。晁衡一到长安，便被大唐的繁华所吸引，如饥似渴地学习中华文化。在国子监完成学业后，晁衡却不想走了，还考中了当时万千学子的梦想——进士。晁衡以自己的才华和学识在大唐折服了很多人，且深受玄宗皇帝喜爱，担任秘书监，成了皇帝的顾问。

晁衡归国时，确实在海上遇到了风暴，还好他只是被海浪吹到了越南，两年后历尽艰险又回到长安。之后晁衡官运亨通，先后担任安南节度使、光禄大夫兼御史中丞，被封北海郡开国公，770年病逝于长安。终其一生，他没能再回到日本。

晁衡只是万千遣唐使中的一员，许多日本留学生在中国学成归国后将中华文化带回日本并发扬光大。日本文字中有平假名和片假名。平假名是空海法师根据汉字草书简化而来的，而片假名则是由吉备真备根据楷书的偏旁创造的。两人都曾随遣唐使团到中国学习，吉备真备更是在唐朝留学长达十九年之久。

日本还仿照西京长安和东都洛阳的城市规划，建设了自己的首都平安京，并将平安京分为左京洛阳、右京长安。左京的"铜驼""教业""宣风""淳风""安众""陶化""丰财""毓财"八个坊名，均照搬自东都洛阳。

鉴真东渡

日本派到唐朝的除了遣唐使，还有一些学问僧。当时日本国内的僧人缺乏严格的戒律，经书也往往错漏不全。日本学问僧荣睿、普照来到唐朝，想寻访有名望的唐朝僧人去日本传播佛教。他们成功请到了高僧道航、澄观、德清和高句丽僧人如海，准备乘船返回日本，途经扬州时，他们又见到了大明寺的鉴真和尚。

鉴真俗姓淳于，生长于佛教圣地扬州，他的父亲也信佛，因此从小耳濡目染。十四岁时鉴真主动提出要出家，他先在扬州受戒，又到洛阳、长安学习佛法，成为僧人中的后起之秀。后来他回到扬州，在大明寺修行、讲经，声望很高。

荣睿和普照见到鉴真后，谈起东渡日本的事。鉴真当时已经五十四岁了，收了很多弟子，就询问他们的意见。弟子们觉得漂洋过海太危险，都沉默不语。可是鉴真说："这是弘扬佛法的好事，怎么能顾惜生命呢？如果你们不肯同去，我就自己去吧。"弟子们深受感动，祥彦等二十一人表示愿意一起去。他们打造海船，又准备了很多物资。可是由于高句丽僧人如海与道航有矛盾，就向官府诬告他勾结海盗。官府讯问后没收了他们的海船，这次东渡的计划也失败了。

鉴真没有灰心，决定自己花钱买船。可连续三次出海都很不走运，两次遭遇大风，另一次因为僧人们担心他的安全去报告官府，官府又把他送回了扬州。

748年，鉴真准备好海船和物资，第五次向大海进发。可他们再次遇到大风，船失去了控制，在海上漂了十四天，最后在海南岛靠了岸。他们在这里住了一年多才返回扬州。在返程的途中，荣睿和祥彦先后去世。历经多年辛劳，鉴真身心疲惫不堪，不幸双眼失明了。

753年，日本派到唐朝的遣唐使团要从长安回国，吉备真备和晁衡也在其中。他们途经扬州，就去拜访鉴真，鉴真决定和使团一起去日本。晁衡的船出了事，鉴真则幸运地于第二年到达日本，这时已经六十六岁了。

鉴真在日本受到隆重的接待，他为天皇、皇后、皇太子和四百多名沙弥正式受戒，日本僧人从此以后只有受了戒才算正式出家。鉴真虽然双目失明，仍凭着记忆纠正了日本佛经中的许多错误，还留下了一部医书。他的弟子和随行人员中有精通建筑技术的，在日本建造唐招提寺传布律宗，成为当时日本佛教徒的最高学府。鉴真被尊为日本佛教律宗的创始祖师，他东渡传播佛法的事迹在中日文化交流史上留下浓墨重彩的一笔。

4. 文化艺术宝库敦煌

美不胜收的画廊

敦煌是古代丝绸之路上的重镇,是中西文化交流、贸易往来的重要枢纽。"敦"是大的意思,"煌"是繁盛的意思,从这个地名就能知道,敦煌是一个又大又繁盛的地方。

相传336年,爱好旅游的高僧乐僔途经敦煌鸣沙山时,忽然看到山上金光万道,好像有千万个佛出现在其中,于是便在岩壁上开凿了第一个洞窟。乐僔可以说是莫高窟的开创者。后来经过历代的修建,洞窟不断增多,到唐朝时莫高窟已有上千个佛洞,因此又被称为"千佛洞"。

据统计,敦煌石窟中现存壁画和雕塑作品共四百九十二窟,壁画面积足有四万五千多平方米,被誉为"墙壁上的美术馆",也是一条绵延一千六百年的历史画廊。而莫高窟现存的壁画中,唐代的约占百分之四十,如果加上隋代和五代时期的,约占全部的四分之三。因此,想了解隋唐五代时期的文化,不可不看莫高窟。莫高窟的壁画有佛像画、经变画、供养人画像、装饰画、故事画、山水画等类型。这些壁画除了展示佛教文化之外，还真实反映了当时上层社会和普通老百姓的生活。

曾任晚唐归义军节度使的张议潮就出现在了莫高窟第一百五十六窟南壁的供养人像中，被称为《张议潮统军出行图》。该画像很大，高一百零八厘米，长八百五十五厘米。画面中护卫旌节的仪仗骑兵为前导，衣饰华丽、体态婀娜、边舞边行的舞伎紧随其后，身材魁梧的张议潮穿着圆领红袍，骑着高头大马位于画面中间，身后的士兵举着"信"字大旗簇拥而行，一支威仪赫赫的凯旋之师跃然墙上。壁画上的人物多达上百个，姿态各异，无不栩栩如生，从中可以看到唐代官员、士兵的服饰，出行仪仗和唐代歌舞等。

莫高窟壁画中反映普通人日常生活的作品中，不少妙趣横生，令人大开眼界。李白在《长干行》中有"郎骑竹马来"的诗句，那什么是竹马呢？莫高窟第九窟中就有儿童骑竹马的壁画。如果你想知道唐代的婴儿车长什么样，在第一百五十六窟的壁画中就能找到答案。不管古代还是现代，贪玩都是小朋友的天性，第二百一十七窟中，一群小男孩正兴高采烈地玩着叠罗汉的游戏。

堪称古代文化艺术宝库的敦煌石窟

这些壁画，无论是人物、山水、鸟兽，还是器物、服饰，无不色彩鲜明、形象生动。如此杰出的作品全部出自民间画师之手，他们虽然没有留下姓名，但却通过精湛的绘画技艺，把当年的种种社会生活场景，绘成富丽绚烂、色彩鲜艳、美不胜收的壁画，成为中华民族伟大的艺术宝库。

石室珍藏

除了精美绝伦的壁画之外，莫高窟的石室为后世留下更多的是极其宝贵的文献资料，这些文献资料经专家整理、编纂，统称为"敦煌遗书"。

"敦煌遗书"中，有户籍、房契等珍贵史料，有变文、小说、词曲等文学作品，也有佛、道等宗教书籍。可惜的是，这些文献资料除了少部分珍藏在中国的博物馆里，多数都流入了英、法、俄、日等国。

晚唐著名诗人韦庄有首长诗《秦妇吟》，借一位逃难的妇女之口描述了唐末黄巢起义时的社会乱象，在当时颇为流行，是"乐府三绝"之一。这首唐代最长的诗后来失传了，只留下一些残句。不料一千多年之后竟然在敦煌石室里发现了该诗的全文。初唐有个和尚叫王梵志，写了很多诙谐幽默的诗，在当时很有名，却也一首都没有流传下来，直到清朝末年惊现于莫高窟石室的文献中，后经郑振铎等人整理编辑出版。

"敦煌遗书"中还保存了大量正史中未曾保存的珍贵史料，有当地官府与寺院涉及官吏、僧侣、百姓的各类行事文书，还有六件古代舞谱。这是我国乃至世界上最古老的舞谱，我们现在能欣赏到的敦煌舞蹈，就是根据这些舞谱和敦煌壁画编排而成的。"敦煌遗书"中还有一部雕版印刷的《金刚般若波罗蜜经》，经卷末尾题有"咸通九年四月十五日"字样。"咸通"是唐懿宗的年号，咸通九年即868年。《金刚般若波罗蜜经》也成了有明确刊印日期的、最早的雕版印刷书籍。千百年来，人们一直认为"孟姜女哭长城"的故事发生在燕山秦长城一带，并在山海关建了孟姜女庙。而"敦煌遗书"中的文献资料却证明故事实际的发生地是内蒙古包头地区。

此外，在"敦煌遗书"中，专家们还发现了世界上最早的纸书、最早的活字、最古老的书籍、最早的报纸、最早的火枪、最早的马具、最早的星象图、最早的连环画、最早的乐谱、最早的棋经、最早的粟特语文书、最早的硬笔书法、最早的舞台演出图等。因此,"敦煌遗书"真可谓一部内容浩瀚的中古时代百科全书。

读史点评

　　大唐的强盛国力与开放包容的胸怀，创造了多元并蓄的灿烂文化。以诗歌而言，唐诗的创作方式多样、题材丰富，给后世的诗歌创作提供了很好的模板。李白浪漫主义的豪放、杜甫现实主义的沉郁，使他们被后世奉为"诗仙"与"诗圣"。以山水田园诗见长的孟浩然、王维，以边塞诗知名的高适、岑参，均成为后世推崇、学习的对象，甚至流传着"熟读唐诗三百首，不会作诗也会吟"的说法。可以说，唐代诗歌取得了前无古人、后无来者的巨大成就。

思考题

说出你喜欢的一首唐诗,结合作者经历与写作背景,谈谈你喜欢这首诗的理由。

大事年表

581年	杨坚建立隋朝。
589年	隋军南下灭陈,统一中国。
604年	隋炀帝即位。
605年	营建东都洛阳。
610年	大运河全线贯通。
612—614年	隋炀帝三次远征高句丽。
617年	李渊父子太原起兵。
618年	李渊建立唐朝。
626年	李世民发动玄武门之变,即位为唐太宗。
627年	玄奘踏上西行之路。
631年	日本首批遣唐使始到中国。
641年	文成公主嫁吐蕃松赞干布。
655年	唐高宗立武则天为皇后。
690年	武则天称帝,改国号为"周"。
712年	唐玄宗李隆基即位。

745年	唐玄宗册封杨玉环为贵妃。
755年	"安史之乱"爆发。
756年	叛军攻陷长安,唐玄宗逃往四川,杨玉环死于马嵬驿。
763年	史朝义兵败身亡,"安史之乱"结束。
817年	李愬雪夜入蔡州,平定淮西。
874年	王仙芝起义,次年黄巢起兵响应。
880年	黄巢率军进入洛阳、长安,即位称"大齐皇帝"。
884年	黄巢战死,唐末农民起义结束。
907年	朱温篡唐,建立后梁,中国历史进入"五代十国"时期。
916年	契丹首领耶律阿保机称帝,国号"契丹"。
923年	李存勖即帝位,国号"唐",灭后梁。
936年	石敬瑭割幽云十六州给契丹。
951年	郭威代汉,建立后周。
954年	周太祖郭威的养子柴荣即位,即周世宗。
960年	赵匡胤取代后周,建立宋朝。